你想成为怎样的男孩 2

〔美〕约克 · 威林克 —— 著 〔美〕乔恩 · 博扎克 —— 绘 李士闻 —— 译

北京科学技术出版社
100 层 童 书 馆

图书在版编目（CIP）数据

你想成为怎样的男孩．2 /（美）约克·威林克著；（美）乔恩·博扎克绘；李士闻译．-- 北京：北京科学技术出版社，2025．-- ISBN 978-7-5714-4137-1

Ⅰ．I712.84

中国国家版本馆CIP数据核字第2024TE8846号

策划编辑：	徐乙宁	邮政编码：	100035
责任编辑：	郭嘉惠	电　　话：	0086-10-66135495（总编室） 0086-10-66113227（发行部）
责任校对：	贾　荣	网　　址：	www.bkydw.cn
营销编辑：	侯　楠	印　　刷：	北京顶佳世纪印刷有限公司
图文制作：	周玲娜	开　　本：	889 mm × 1194 mm　1/32
封面设计：	包荧莹	字　　数：	100 千字
责任印制：	吕　越	印　　张：	6.25
出 版 人：	曾庆宇	版　　次：	2025 年 3 月第 1 版
出版发行：	北京科学技术出版社	印　　次：	2025 年 3 月第 1 次印刷
社　　址：	北京西直门南大街 16 号		

ISBN　978-7-5714-4137-1

定　　价：35.00 元

目　录

1

南瓜与校长

今年我原本过得好好的，但放假前的最后一天出了点插曲。我来到了一个本不该来的地方——校长办公室！是的，没错。一直遵守着“战士小子信条”的我竟然被叫到了校长办公室！你想知道原因吗？

长话短说，这一切都是内森·詹姆斯害的。这个总是将姓氏当作名字的家伙害我进了校长办公室！

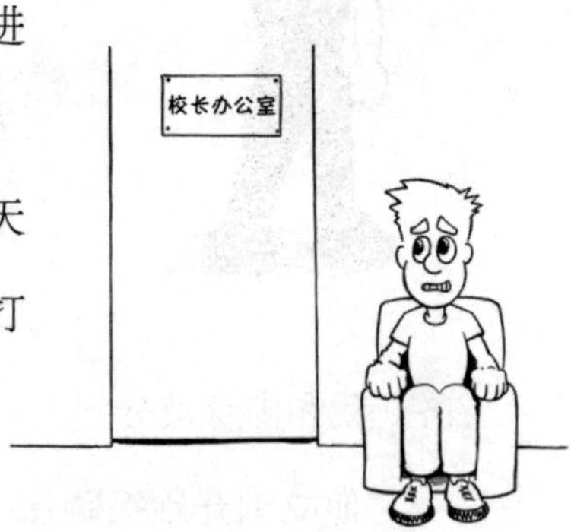

内森超级让人讨厌，他整天总是动个不停，不是敲东西、打响指，就是吃饭狼吞虎咽、抖腿。他一会儿站起来，一

会儿又坐下，从不肯老老实实待着，实在太烦人了！

不仅如此，他还总是对我和其他同学评头论足，说的都是些不好听的话。他喜欢给我们起外号，而且是那种很难听的外号。他管肯尼·威廉姆逊叫“笨蛋”，管帕特丽夏·约翰逊叫“尖鼻子”，管我叫“大饼脸”。我不知道他为什么要这么说，毕竟我的脸一点儿也不像大饼！

好吧，或许我的脸确实有点儿圆，但这并不是他给我起外号的理由啊。

内森叫别人外号的时候既像在开玩笑，又像在嘲讽。我们要是去向老师告状，似乎会显得过于小气，就像在打小报告。

今天，值日生负责打扫教室。大家分工明确：有的负责把画从墙上取下来，有的负责整理课桌，还有的负责清点书本并将其叠放整齐。我和内森被分到了一组，负责打扫美工区。

他立刻开始找碴儿：“咱俩一起把这里打扫干净，‘大

饼脸’。”

“不许这么叫我。”我严肃地对他说。

“不许叫你什么？”

“‘大饼脸’。”

“对呀，我当然知道你叫‘大饼脸’呀。”他得意扬扬地回答，似乎觉得这样很有趣。

我提高嗓门，大声说道：“不许这么叫我！”我感觉自己的脸都红了，他实在太气人了！

“好吧，那你想让我叫你什么呢？”他问道。

“直接叫我的名字就好。”我回答道。我生气地盯着他，他表现出一副被吓到的样子。

“行吧。”他说。我以为他终于意识到了自己多么过分，之后应该会收敛一些。

然而，他突然压低声音，再次说道：“‘大饼脸’。”说完，他的嘴角还露出了一丝不屑的笑意。

我默默攥紧拳头，咬紧牙关，呼吸也变得急促起来。内森看到我的样子，反而笑得更加开心。我感觉自己的脸变得越来越热。此时，内森直接咯咯笑了起来。

他在嘲笑我！我愤怒到了极点，想冲他大吼，甚至想朝他扔东西。

就在这时，我注意到旁边有一个橙黄色的纸南瓜模型，这是班上同学在美术课上制作的。它看起来和排球一样大。我毫不犹豫地拿起南瓜，用力将它朝内森扔去。他完全没有防备，南瓜结结实实地落在了他的脸上。这一下砸得很重，以致他失去平衡，被旁边的毛毛虫玩偶绊倒在地，中途还把画板架打翻了。这么大的动静引起了大家的注意，所有人都朝我们这里看过来。

事情的发展完全出乎我的意料。南瓜从内森的脑袋上弹开，径直朝我们的老师卡彭特女

士飞去。正当她想查看响声是从哪里发出的时候，只听到“砰”的一声，南瓜正好砸在了她的脸上！幸好这个南瓜只是纸质模型，没伤到她，但她因此撞到桌子上，把咖啡打翻了。

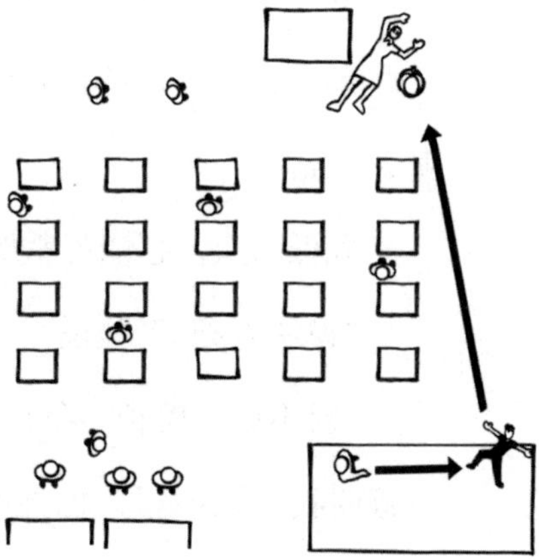

她的脸涨得通红，眼中充满怒火。我从未见过卡彭特老师如此生气，也不希望再见到这样的场面了。尽管如此，她的声音却异常平静，就像野兽在低声咆哮——她一字一顿地说道：“立刻去校长办公室，现在就去。”

我快步向福雷斯特校长的办公室走去，眼泪不受控制地从脸颊上滑落。我简直不敢相信！放假前的最后一天，我竟然会因为这样的事情被叫去校长办公室！

到了门口，福雷斯特校长的秘书示意我在外面等候。没过多久，卡彭特老师径直走进福雷斯特校长的办公室，看都没看我一眼，就重重地将身后的门关上了。

几分钟后，她走了出来，停在我的面前，看起来不再那么生气了。过了几秒钟后，她说：“马克，我真的对你很失望，非常失望。”

我尝试为自己辩解：“可是……我……因为……”然而，她并没有给我解释的机会，立刻扭头离开了。

随后，福雷斯特校长的声音从办公室里传出：“进来吧，马克。”

我低着头，心情沉重地走进他的办公室。

“说说看吧。”他说。

“对不起，校长。我只是……我被……因为内森。他一直叫我‘大饼脸’，已经叫了整整一年。今天他更是一而再、再而三地这样叫我，我劝他也没用！”

“你觉得这是你去伤害他，甚至还去伤害卡彭特老师的理由吗？”

“不是这样的，可是——”

“就这样吧，马克，没有可是。我要请你回家，这就给你的父母打电话，让他们来接你。”

我的心猛地一沉，脑海里涌现出种种不好的设想。爸妈知道后，会不会永远把我关禁闭啊！但我又转念一想，或许事情也没那么糟糕。毕竟爸爸两周前就出国去修建工厂了，整个暑假都不在家；至于妈妈，她最近升职了，需要处理更多事务，常常忙得早出晚归，有时甚至在我睡着后才回家，所以今天她肯定也不在家。

这样一想，我感觉稍微轻松了些。这样的话她就没法接电话了，等到她下班回家，学校已经放学了，万事大吉！

福雷斯特校长的秘书拿来一张纸，上面写着我家的电话号码。他拿起电话开始拨打。我明知此刻没人会接电话，但还是耐心地坐着等待。突然，福雷斯特校长开口了："您好，请问是马克的爸爸吗？"接着，他顿了一下："哦，那他的爸爸或妈妈在家吗？"

他在跟谁说话呢？我感到疑惑。

"哦，好的。情况是这样的，马克今天在学校情绪失控，向一名同学扔东西，东西不仅砸到了那个同学，还砸到了老师。我现在要把他从学校里送回家，让他好好反思自己的行为。您能过来接他吗？”

听到现在，我还是不知道他在和谁说话。

“好的，没问题。一会儿见。谢谢。”

校长挂断电话，随后看向我。

“你得回家了。你的舅舅会来接你。”

这时，我才想起来：今天杰克舅舅要来我家！因为爸爸出差，妈妈工作繁忙，所以她请杰克舅舅来家里住一个暑假，帮忙照看我。妈妈在门口的地毯下给杰克舅舅留了一把钥匙，现在杰克舅舅应该已经进到我家，并且马上就要来接我了！到时候就全都露馅了！

我又忍不住哭了起来——不只是因为内森总是惹我，我被叫到校长办公室、被勒令回家，以及杰克舅舅知道我闯了大祸，更是因为这仅仅是个开始——这一切的后续，注定让这个暑假成为我人生中最糟糕的暑假。

2

道歉

我坐在办公室外的长椅上，哭个不停。发生这样的事让我很懊恼，我一遍遍嘟囔道：“我真是个傻瓜，真是个傻瓜。”

今天是杰克舅舅来我家过暑假的第一天，然而他却要因为我来校长办公室！去年暑假，他教会了我很多东西——他亲自指导我练习游泳和学习知识；带我练习柔道；为了让我学会做引体向上，还帮我制订了一个详细的训练计划。在他的帮助下，我从一个胆小鬼成长为一名“战士小子”。可如今，我就这样回报他吗？闯下大祸后被学校赶回家？！

想到这些，我越发羞愧，杰克舅舅肯定对我失望透顶——这种念头让我的心情变得更糟糕了。更重要的是，我将会受到怎样的惩罚呢？是被关一个暑假的禁闭吗？还是更久？甚至是一直被关到圣诞节吗？那我还能和家人一起过圣诞节吗？还有杰克舅舅，我闯了这么大的祸，他还愿意理我吗？

我沉浸在痛苦中，双手捂脸，坐在椅子上放声大哭。

突然，我听到一个熟悉的声音：“嗨，马克，你还好吗？”

我抬起头，只见杰克舅舅站在我的面前。但是他看起来并不心烦意乱，甚至一点儿也不生气。我感觉……他似乎和平时一样，这反而让我觉得有些不正常。

“不好，杰克舅舅，我很不好。”我哽咽着告诉他。

“好吧，那等咱们离开这里，你再慢慢跟我讲发生了什么事。”

杰克舅舅走进校长办公室，关上了门。我能听到他们交谈的声音，却听不清楚具体内容。几分钟后，他走了出来。

“走吧，”杰克舅舅说，“带我去卡彭特老师的办公室。”

“我们应该回家吧。”我小声告诉他。

“你得先向卡彭特老师和内森道歉。”

“但我已经被赶出来了——”

“校长给卡彭特老师打了电话，她和内森会在教室外面等你。”

“可这件事是内森引起的，是他先惹我的。”我抗议道。

“不，这不怪他。你不能因为自己犯了错而去责怪别人。这次，问题出在你的身上。你情绪失控，大发脾气，做了愚蠢的事。现在，你必须真诚地向他们道歉，然后我带你回家，好吗？”

“好吧，杰克舅舅，我知道了。”

一转过走廊的拐角，我就看到卡彭特老师和内森站在教室外面。我羞愧地低下了头，和杰克舅舅一起走到他们面前。

“去吧。”杰克舅舅说。

我抬头看向卡彭特老师，心中五味杂陈。我真的很后悔用南瓜砸了她，于是我向她道歉：“对不起，卡彭特老师。”

“好吧，马克。我真的对你很失望，但我接受你的道歉。希望你能吸取教训，不再犯同样的错误。”

“我不会的，卡彭特老师，我保证。”

然后，我看了一眼内森，他的脸上带着坏笑。我不想向他道歉——我凭什么向他道歉？我之所以会在这里道歉，全都是他造成的！

“还有呢？”杰克舅舅问道。

我站着不动，心里很不痛快！一方面，我讨厌内森，不想向他道歉；另一方面，我不想违背杰克舅舅的意愿，他是我心中最好的舅舅。

杰克舅舅的语气变得严厉起来：“马克，道歉。”

我很清楚，这件事无论我愿不愿意去做，杰克舅舅都会要求我去做。

我咬了咬嘴唇，低头盯着地板，嘟囔道：“对不起。”

“你说什么？”杰克舅舅皱了皱眉，“大声点儿。”

我知道这件事没有回旋的余地，我也不想让事情变得更糟。于是，我深吸一口气，抬起头看着内森，大声说道：“对不起，内森。”

内森得意地笑了笑说：“你说得没错——”

话音未落，卡彭特老师就立刻打断了他。“内森·詹姆斯，端正一下你的态度，立刻接受马克的道歉。”

内森意识到如果不照做，自己也会惹上麻烦，于是退后一步，看着我说：“我接受你的道歉，马克。”他的语气虽然并不诚恳，但已经足够让卡彭特老师满意。她拍了拍内森的肩膀，向杰克舅舅道谢，随后便让内森回了教室。

内森一进教室，卡彭特老师就弯下腰看着我，语气中带着失望："马克，你不应该是这样的孩子。至少，你不应该犯这种错误。"随后，她转身走进教室，关上了门。

我深感懊悔。

"走吧，马克，"杰克舅舅说完，转身朝楼梯走去，"我们回家。"

我们穿过走廊，出了校门，经过院子，走到停车场，全程没有再说一句话。我心中忐忑不安，觉得杰克舅舅可能不想再理我了。这个暑假，似乎会变得越来越糟糕。

3

镜子

我缓缓打开车门，坐进车内。杰克舅舅发动汽车，缓缓驶离原地。他平静地开口问道：“马克，能告诉我具体发生了什么事情吗？”

杰克舅舅的语气让我慢慢冷静下来。原本我以为他会生气，但他看上去只是想了解发生了什么。

“我向内森扔了一个纸南瓜模型，结果南瓜先砸中了他的脸，紧接着又弹到了卡彭特老师的脸上。”

杰克舅舅似笑非笑，这让我

有些意外。他接着问道:“你说的这些，校长已经告诉我了。但我想知道的是，为什么会发生这件事?你为什么要这么做?”

“因为内森真的很烦人!他老是惹我生气!”我激动地回答。

“那么，每次有人惹你生气，你都要朝他们扔纸南瓜模型吗?”他反问道。

“不，我不会。”我回答道。

“那这次你为什么要这么做?”

“因为他一直叫我‘大饼脸’!”我愤愤不平地说道。

“‘大饼脸’?”

“对!‘大饼脸’。”

没想到，杰克舅舅竟然大笑起来，这让我感到很意外。

“这一点儿也不好笑!”我告诉他。

“嗯，我觉得有点儿好笑。”他笑着说。

“我的脸看起来根本不像大饼!”我大声对他说。

“你的脸确实有些圆。”杰克舅舅说。

“不，我的脸不圆!”我坚决否认，声音不自觉地变大了。我确实是在大喊大叫，因为现在我真的很生气。

“我是说，你的脸确实比大多数人的脸要圆一些。你应该在镜子里看过自己的脸吧？”杰克舅舅微笑着问我。我简直不敢相信，他竟然认同内森的话，说我的脸圆。

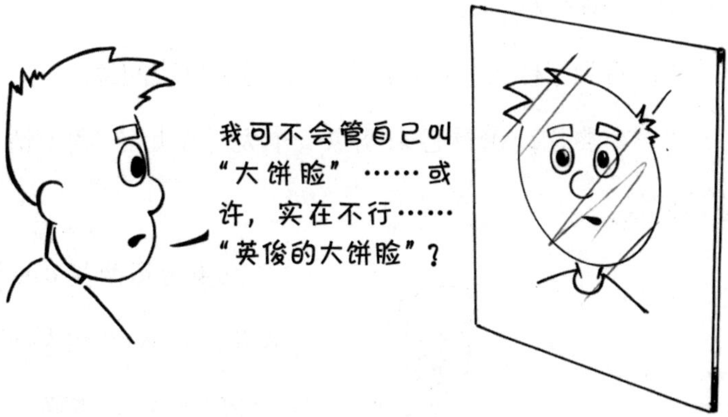

泪水又顺着我的脸颊流了下来，我感到愤怒和委屈。

“没错，我在镜子里看过自己，我的脸根本不像大饼！”我大声喊道，情绪愈发激动，好像全世界都在和我作对——甚至连我最尊敬的杰克舅舅也不例外。

突然，杰克舅舅把车停在路边的停车场，平静地说：“现在看看你的脸，告诉我你都看到了什么？”他拉下汽车的遮阳板，指了指上面正对着我的镜子。

我照了照镜子。“我没看到大饼脸！”我冲杰克舅舅吼道。

“好吧。那你看到什么了呢？”他问道。

我仔细看着自己。我的脸虽然有些圆，但绝对不像大饼。此刻，我的脸红通通的，上面满是泪水，鼻子里甚至还有鼻涕流出来！

“你看到了什么？说实话。”杰克舅舅再次问道。

“一个婴儿，我看起来就像一个大号婴儿。”我不情愿地回答。

杰克舅舅微笑着点了点头，问道：“你为什么觉得自己看起来像一个大号婴儿呢？”

我很清楚杰克舅舅这么问的用意，也明白该怎么回答。于是，我说：“因为我表现得像一个大号婴儿，对吗？”

杰克舅舅点了点头，说：“我认为你说得对。婴儿通常是什么样的呢？”

“嗯……他们会生气、会沮丧，总是哭个不停，还会乱扔东西。”

“确实如此。他们会感到愤怒、沮丧，总是哭泣，还会乱扔东西……这听起来很耳熟啊。”杰克舅舅深有感触地说，“你知道他们为什么会这么做吗？”

“因为他们感到愤怒或沮丧？”我试探性地问道。

“没错，其实每个人都会产生愤怒和沮丧的情绪。当然，我们也会产生其他情绪，比如快乐和兴奋。但是，婴儿往往无法控制自己的情绪，他们不知道该怎么做，所以只能哭泣。你刚才的表现就是这样，你表现得像个婴儿。真正的战士应该学会控制自己的情绪，特别是在面对别人给你起外号这种无聊的事情时。”

“嗯……”我深吸一口气，意识到自己还有很多事情

快乐

愤怒

想要告诉杰克舅舅。事实上，我的心情低落并不仅仅是因为内森，还有其他一堆事情在困扰着我，而我却不知从何说起。

“怎么了？你想说什么？”杰克舅舅问道。

“我……我只是……”我支支吾吾，不知道如何开口。

“‘只是’什么？”他追问道。

“还有其他事情让我烦恼。”我终于鼓起勇气说了出来。

“什么事情？说来听听。”杰克舅舅鼓励我。我很犹豫，不知道是否应该告诉杰克舅舅，但想到去年暑假他给予我的帮助，我觉得这个暑假他或许也能帮我渡过难关。

“尽管告诉我吧。”杰克舅舅再次说道。

“好吧。首先，今年暑假的安排让我很烦。我本来期待度过一个愉快的暑假——既能和朋友们出去玩，还能和你一起锻炼。但现在看来，一切都无法实现。今年暑假我必须参加一个无聊的夏令营，但其实它根本不能被称为夏令营，因为它连露营都没有，而且就在活动中心举行。我们要在那里上体育课、数学课和语文课，还要做一大堆学校布置的功课。这简直就是在暑假上学！更糟糕的是，内森也会参加这个夏令营，我真的很讨厌他！此外，我如果能有一辆新自行车，去夏令营会方便很多，但妈妈却不肯给我买。我特意带她去了自行车专卖店，看了那款宾利自行车，那可是我梦寐以求的自行车。我以为她看到那么棒的自行车，会把它买给我，但她没有！”

“就这样吗？就因为你要参加夏令营，还有妈妈不肯给你买新自行车？”杰克舅舅问道。

其实还有一件事，我一直不想说，但如果不告诉杰克舅舅，他可能就没法帮我。于是，我鼓起勇气说了出来。

“还有柔道的事。”

“柔道？你不是喜欢练柔道吗？”

“没错，我很喜欢，也练得很开心。”

“那还有什么问题

呢？”杰克舅舅不解地问。

“我的教练想让我参加柔道锦标赛。”

“这有什么问题吗？”

“我不想参加。”

“为什么不想？”

“就是不想。”

“‘不想’是什么意思？”杰克舅舅追问。

“杰克舅舅，我就是不想参加。没有别的原因，就是不想。”

杰克舅舅静静地坐了一会儿，然后开口说：“你被迫参加夏令营，你讨厌内森，你想要一辆新自行车，你还要参加不想参加的柔道锦标赛。你觉得这些会让你的暑假变得一团糟吗？”

“不是我觉得，而是我的暑假已经一团糟了！你看看我！”我指着镜子里的自己。虽然我不再哭了，但脸上的表情依然很难过。

杰克舅舅点了点头，静静地坐着。随后，他缓缓地说：“你还记得，去年暑假你是如何克服那些困难的吗？”

“当然记得，杰克舅舅。”我坚定地说。

“没错，每个人在生活中都会遇到各种困难。现在出现的这些困难，你同样可以克服，但这并不容易。你必须像‘战士小子’那样去面对它们，而且要比之前更加努力才行。它将会是一项艰苦的任务。不同于引体向上、游泳和学习，它将会全方位地考验你。你的智慧、情绪控制能力以及自我约束能力都将受到严峻的考验。但是，一旦你通过了这个考验，就会发现那些曾经的困难都烟消云散，这个暑假将成为你人生中最精彩的一个。马克，你准备好接受这个考验了吗？”

我的脑海中立刻浮现出去年暑假的情景，那时在杰克舅舅的帮助下，我克服了一个又一个困难——我每天早起，花很长时间学习，还要进行大量的锻炼。虽然过程艰辛，但我最终变得更加敏捷、强壮和聪明。那种战胜自我、取得进步的成就感，简直无法用言语来形容！

“是的，杰克舅舅，我已经准备好了。我愿意接受这个考验。”

“很好，马克。那我们回家吧，考验就从那里开始。”

杰克舅舅的笑容令人捉摸不透，我已经很久没有看到他这样笑了。

看来，杰克舅舅对这个考验充满了期待，而我也隐隐感受到了那份激动与兴奋！

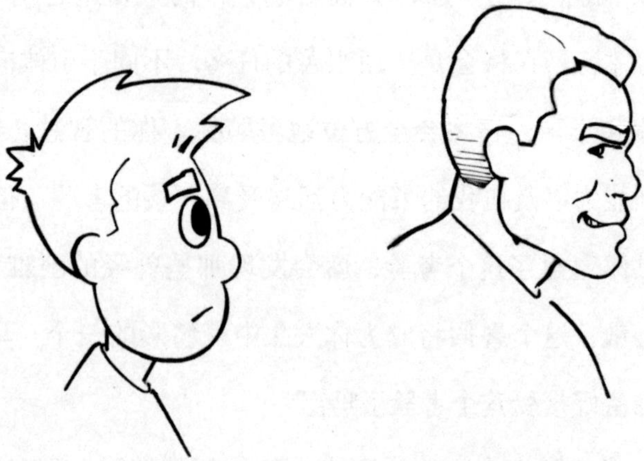

4

我的问题

杰克舅舅这个暑假又能陪我了！今天一大早，他就把我叫醒，然后我们一同前往车库进行锻炼。真别说，和杰克舅舅一起锻炼确实有意思，我感觉自己变得更强壮了。我们做了引体向上、俯卧撑、仰卧起坐，还练了开合跳。虽然我的锻炼量没有杰克舅舅的那么大，但他还是夸我做得不错。

我对自己的锻炼成果感到满意，毕竟我整个学年都在坚持锻炼。我几乎每天都以“战士小子”的

标准要求自己。即使有时候因为太累或太忙而没能锻炼，我也始终坚守一个原则：连续 3 天不锻炼是绝对不允许的。

在饮食方面，我很注重营养均衡。不过，有一段时间，爸爸妈妈工作特别忙，每天回家都很晚，于是我连续 3 个晚上的晚餐都是薄荷巧克力口味的冰激凌。在那之后，我整整 2 周都没有再碰过任何甜点！

某次锻炼结束后，我们换好衣服，一起坐下来吃早餐。杰克舅舅突然提到，他把我在学校惹的麻烦告诉了我的妈妈。我的心里“咯噔”一下，难道我的假期要泡汤了？

“她怎么说？”我小心翼翼地问他，心中已经做好了最坏的打算。

“她很生气，原本要让你禁足很长一段时间，但我告诉她我会处理好的。你这次可欠我一个大人情了！”

“谢谢。”我低声说道，但还是不太明白他的意思，于是继续追问，“等一下，我欠你什么了？”

“我跟她说了你的问题，并且承诺会帮你解决。”我感到一阵窃喜，看来杰克舅舅会帮我搞定一切！他一定不会让我去参加那个无聊的夏令营，而会教我如何对付内森，会帮助我退出柔道锦标赛，还会给我买一辆新自行车!

“谢谢杰克舅舅! ”我激动地说，“我就知道您能搞定一切! ”

然而，他的回答却并非我所期待的“不客气”或“交给我吧”。他只是静静地坐在那里看着我，过了一分钟，才开口说:“你的问题，不能全靠我来解决，关键还要靠你自己。”

我顿时有些失望，原以为他会直接帮我解决所有问题。但现在看来，这是不可能的。

“杰克舅舅，我真的解决不了这些问题。内森太讨厌了，我完全没有办法应对；妈妈已经给我报了夏令营，我必须得去；我没有钱，买不起自行车；我的柔道教练还坚持让我参加柔道锦标赛! 所以，就算我真的很想解决这些问题，也无能为力啊，因为这些都不是我造成

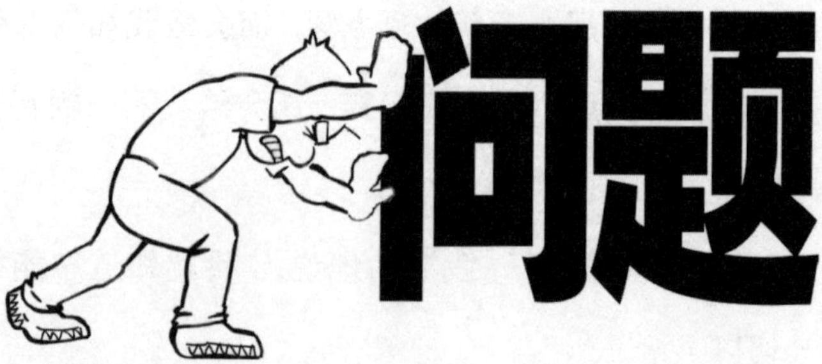

的！”我无奈地解释道。

杰克舅舅听后微微点头，仿佛早已料到我会这么说。他缓缓开口：“其实，问题出在你的身上，真正需要改变的是你的态度。”

我的内心涌起一阵困惑，我觉得这一切根本不是我的错。我纳闷地想，改变态度又能怎样帮助我解决眼前的问题呢？于是，我直率地问杰克舅舅：“改变态度后，我就能拥有一辆新自行车吗？就不用去参加夏令营了吗？内森就会停止欺负我了吗？我就不用去参加柔道锦标赛了吗？”

杰克舅舅深吸一口气，说道：“马克，态度决定一切，尤其是那些看似无法改变的事情。如果你总是把问题推到别人身上，而不是先审视自己，那么问题永远不会得到解决。”

“但我怎么才能……”我说。

“听我说，如果一切都是别人造成的，难道你要一直坐在这里，等着别人改变或者行动吗？那要等到什么时候啊！试着换个角度思考，看看自己能做些什么来解决问题。”

“是啊，但有些事情我真的无能为力！比如夏令营，妈妈已经替我报名了，但我真的不想去，一点儿也不想去！”

“既然你知道自己必须得去，那就试着调整自己对夏令营的态度，从态度上找突破口。”

“我的态度已经很明确了，就是不想去！”我大声地反驳他。

“我明白你的感受，但现在你表现得有些情绪化，需要冷静下来。作为‘战士小子’，你不能被情绪牵着鼻子走。试着深呼吸，把注意力转移到其他事情上。想一些比夏令营更重要、更有趣的事情吧。”

我对杰克舅舅说：“这对我来说可不是小事，我整个暑假都得待在那里！”我试着让自己冷静下来，但这似乎并不容易。

“我理解，参加夏令营对你来说确实是个不小的困扰。真正的战士在战场上总会遇到各种问题，他们不能坐以待毙，等着别人来解决。同理，你必须学会自己解决问题，因为没有人能帮你，而解决问题的第一步就是改变自己的态度，明白了吗？”

我摇了摇头，坦诚地说：“舅舅，我还是不太明白。”

“马克，你会慢慢明白的！”

5

自己争取

后来，我渐渐明白了杰克舅舅的话，意识到自己对很多事情的态度确实存在问题。

即便是星期天的早上，我也会像往常一样继续锻炼。对今天的锻炼，我同样感到满意。虽然我已经变得强壮了许多，但要想像杰克舅舅一样强壮，我还得更努力才行！他问我，是否记得去年夏天我曾做过 100 个引体向上。我当然记得！虽然并不是一口气完成的，但我确实做了 100 个。

“你感觉自己做 100 个引体向上需要多久？”杰克舅舅问。

“我不知道。大概 45 分钟，或者 1 小时吧。我在中途肯定要休息好几次。”

杰克舅舅指了指我的手表，说：“准备给我计时。”我迅速调好手表，准备计时。

“准备好了。”我对他说。

“预备，开始！”他一声令下，随后一跃而起，轻松地抓住了单杠。

我开始计数，1、2、3、4、5、6、7、8、9、10……他看起来毫不费力。22、23、24、25……他一直保持着相同的速度。36、37、38……他就像个做引体向上的机器人！他继续做着，48、49、50、51、52……他在做第53个引体向上时顿了一下，接着又做了7个，直到做完整整60个才停下！

然后，他甩了甩手臂，重新跳起来抓住单杠，又一口气做了20个引体向上。

当做到第93个时，他才停下来休息了一会儿，最后一鼓作气做完了剩下的7个，一共做了100个引体向上！

随即，他轻盈地跳下来，对我说："停！"我立即按下秒表上的停止键。

"用时多少？"他问道。

"4分34秒。"我告诉他。

"还可以，不算太糟。"

"不算太糟？"我惊讶地说，"太厉害了！我上次可是花了45分钟才做完的！"

"只要继续努力，我还可以做得更好。"他说。

"看来我也得加把劲了。"我说。

"我们都要努力。"他微笑着回答。随后，他话锋一转："话说回来，你为什么想要那辆新自行车？"

"那辆宾利自行车吗？因为它真的很酷。"我告诉他。

"哪里酷呢？"他问。

"哪里都酷。"我毫不犹豫地回答，"它的车座超级舒服，车把十分炫酷，车身银光闪闪的，还有金边！”

“金边？”杰克舅舅说。

“是啊。”我很兴奋，但看到杰克舅舅平静的表情，我突然觉得自己的兴奋有点儿过头。

“好吧。你想要一辆带金边的宾利自行车，那你现有的自行车怎么办呢？”

“那辆旧自行车？早就该扔了！”我不屑一顾地说。

“它现在在哪里？”他问。

“在外面的车棚里。”我指给他看。

“把它推进来让我看看！”杰克舅舅说。于是，我走出车库，把靠在车棚里的旧自行车推了进来，正准备放下脚撑，却发现车子根本立不住。无奈之下，我只好把它平放在地上，退后几步仔细打量。原来车胎已经瘪了，链条布满锈迹，其中一个踏板断成两半，车把的一端破损严重，几乎快要掉下来，车座的磨损也很严重，整个车身都锈迹斑斑。

“这真的是一堆垃圾。”我对杰克舅舅说。

“这是垃圾？”他反问。

“是啊！你看！”我指着旧自行车说。

“我看到了，这辆车你骑了多久？”

“大概两年吧。”

“都已经破成这样了，你的妈妈还觉得你没必要换新车吗？”他好奇地问道。

我发现这个问题有些不好回答，同时意识到自己的态度可能不太对。“嗯……”我回答他，“不完全是。”

“‘不完全是’是什么意思？”

我进一步解释：“妈妈知道我想要一辆新自行车，但她不肯给我买，她觉得我不值得拥有一辆新车。”

“不值得？为什么呢？”

“就是因为这辆旧车。”我尴尬地指了指那辆锈迹斑斑的旧自行车，“妈妈说，我没有好好照顾它。”

杰克舅舅笑了，说：“她说得对啊！你确实没有好好照顾它！如果你用心保养自行车，它肯定还能继续骑，不会变成现在这个样子。”他指着那辆生锈的旧自行车说。

然后，他回头看着我，严肃地说：“军队有这样一句话——平时维护好你的装备，关键时刻你的装备就会保护好你。这句话时刻提醒我们认真对待每一件装备。无论是降落伞、潜水设备、武器、无线电设备，还是汽车、船这种大型载具，所有设备都应该被认真维护。明白了吗？试想一下，降落伞坏了会有什么后果？”

我自然知道后果，但还没等我开口，杰克舅舅就说：“如果降落伞出现问题，那人可能有生命危险！不只是降落伞，潜水设备、武器、无线电设备、汽车、船都需要我们悉心维护。总之，不好好维护这些工具，会让我们付出巨大的代价，甚至会威胁我们的安全。我们必须时刻维护好这些工具，这一点非常重要。不过看起来，你显然没有做到这一点。所以，你妈妈的决定是明智的。她不想用辛苦赚来的钱给你买新车，是因为你不懂得珍惜和保养它，你不值得拥有一辆新自行车。”

我无言以对，杰克舅舅说的是事实。我本应该好好保养我的自行车，但我并没有做到，所以它才会变得如此破旧。然而，即使我意识到了自己的错误，我仍然渴望，也确实需要一辆新车，因为这辆车已经破到无法再骑了！

突然，我想到了一个办法。

“如果我向妈妈保证我以后会照顾好自行车，那么她就可能答应给我买一辆新的！”我觉得这个主意不错。

“你确定吗？”杰克舅舅的语气中带着一丝质疑，“那你想要的自行车多少钱啊？”

“1400 元。”我告诉他。

“1400 元？”他惊讶地说道，“这可不是个小数目！而且，她已经花了不少钱为你买了这辆自行车，你却没能好好保养。”

“我觉得对妈妈来说，这笔钱不算什么。”我试图解释，心想既然妈妈的汽车、房子和其他东西的价格远远超过 1400 元，那这笔钱对她

来说应该不算什么。

杰克舅舅看上去有些不高兴。他摇了摇头，仿佛在对我刚才说的话表示失望。

“1400 元对很多人来说都是一笔不小的开销。即使是 100 元，也是值得珍惜的。实际上，当你像妈妈那样辛苦工作去挣钱的时候，你就会明白每一分钱都来之不易。你现在还没有工作，自然觉得这些钱不算什么。”

我看向杰克舅舅，他的表情让我有些紧张。他问道：“你真的很想要那辆自行车吗？”

太好了！我心里想，杰克舅舅既然这样问，肯定就是要给我买新自行车了！

“我真的很想要！”我激动地说，“这是我见过的最酷的自行车，拥有一辆宾利自行车简直是我梦寐以求的事情！”

“好吧。”他沉默了一会儿后说道。我开始默默猜测他的意思，一边觉得他说的“好吧”可能意味着“好吧，我会考虑给你买一辆新自行车”，但一边又隐隐觉得他可能会说一个我不愿意听到的回答。

果然，杰克舅舅说的确实是我不想听到的回答：“那你就自己赚钱买车吧。”

“自己赚钱买车？”我疑惑地问。

“对啊，你得自己挣钱去买。你是一个孩子，父母几乎为你提供了一切，比如食物、衣服、床、房子，还有这辆生锈的旧自行车。你免费得到这些东西，当然不会珍惜它们，也不会懂它们的价值。所以，父母努力工作赚钱给你买这辆自行车，你对此并不感激。当你无法对拥有的东西心存感激时，你就不会去珍惜它们。这辆旧自行车就是最好的例子，不是吗？”

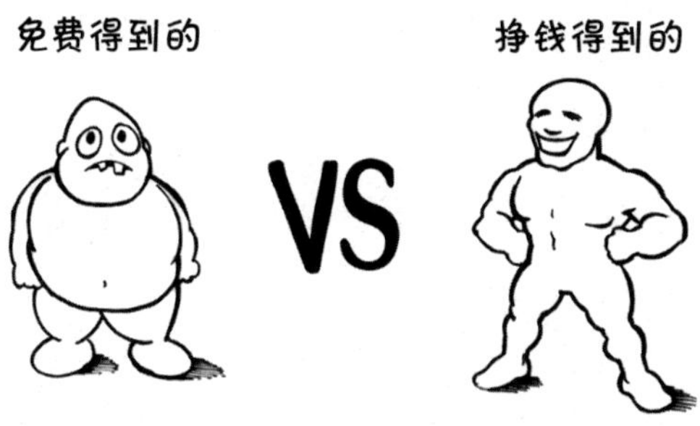

杰克舅舅说得对，我还真没认真想过这个问题。“是的，杰克舅舅，你说得对。我确实没有好好对待这辆自行车。”

“你能认识到这一点就好。所以，如果你真的想要一辆宾利自行车，就得自己赚钱去买，明白了吗？”

我挠了挠头，还是有些困惑。“其实……舅舅，我还是不太明白。我只是个孩子，没有工作，怎么才能赚到钱呢？”

“你可以尝试两种方法。第一，修好这辆旧自行车。不仅要修好它，还要让它看得过去，这样你就可以通过卖掉它来赚一些钱。第二，你可以尝试找份工作。你身强体壮，一定能找到合适的赚钱方式。”

“那我要做什么呢？”我问，心里还是不太确定这两种方法是否可行。毕竟，我只是个孩子啊！

“先行动起来，试试看。”杰克舅舅鼓励道，“现在，我们回去收拾收拾吧。”

说完，我们便离开车库，回到了房间。看来，我的暑假计划要有大变动了。

6

新的麻烦

今天是夏令营的第一天，我感觉真的糟透了。

早上七点半，我就得从家里出发走到活动中心，这意味着我甚至要比晨练时起得还要早。我曾试着问杰克舅舅这几天能不能不晨练，因为我要去参加夏令营，但他坚决地说不行。于是，我只好早早起床，和杰克舅舅一起锻炼。不过做完运动后，我确实感觉精神焕发，浑身充满能量。

随后，我便步行前往活动中心。是的，你没听错，我是走着去的。别忘了，我现在连一辆自行车都没有。其他孩子都是骑着车去的，其中还有两个孩子骑着炫酷的宾利自行车，而我几乎是唯一一个走路去的孩子。

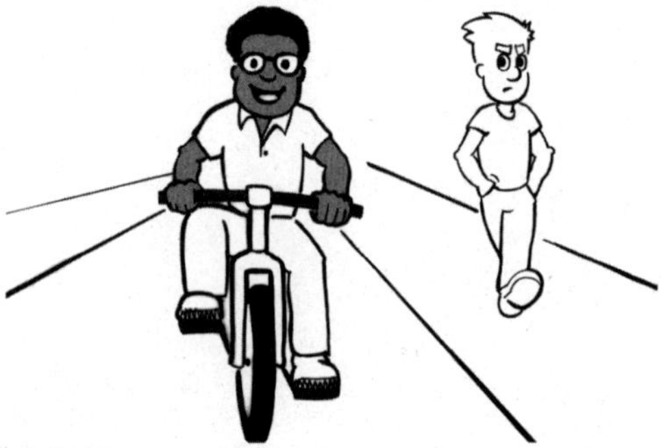

走到活动中心后，我的心情已经很不好了。你猜猜看，谁会是夏令营里第一个跟我说话的人？没错，就是内森！你知道他跟我说了什么吗？他用挑衅的语气说："在学校的最后一天过得怎么样，'惹祸精'？"他居然叫我"惹祸精"！我瞬间火冒三丈。

但我记得杰克舅舅的话，真正的战士不会情绪失控，更不会随意发脾气。

于是，我尽量让自己冷静下来，用冷淡的语气回应他："还可以吧。"我心里只希望他能离我远一点儿。

"那天我倒是很开心。"他笑着挑衅我，因为他明明知道我在学校的最后一天过得并不开心。

我没有回答，但是越来越愤怒。我感觉自己如果再听到他胡言乱语，恐怕真的会失去理智。我能感觉到自

己的脸在发热，双手也逐渐紧握成拳。

就在这时，一个声音传来：“早上好，孩子们。到这边来，登记一下。”原来是夏令营的负责人在召集大家去签到。

内森说：“来了。”他朝我露出挑衅的笑容，然后转身离去。我站在原地，怒火中烧，几乎无法动弹。

另一位负责人看向我，关心地问：“还好吗，孩子？快去签到吧。”

我当然不好，简直一肚子火，但还是强忍着走到了签到处。因为太过生气，我甚至在签字时都心不在焉。

那天，我们参加了很多活动，其中包括美术课。我

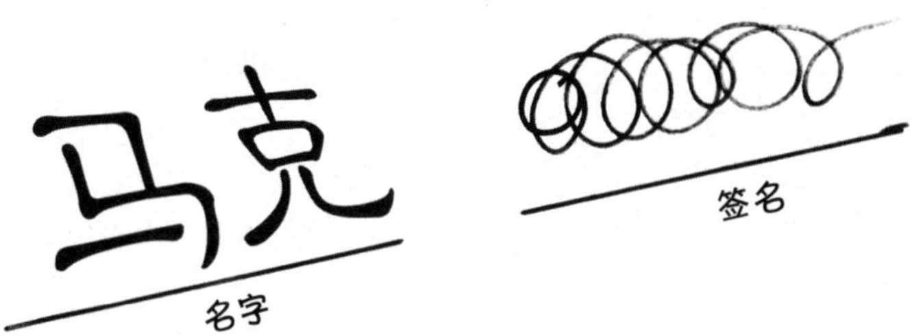

向来喜欢画画，因此在课上玩得很开心。随后，我们打了棒球，但这项运动并不是我的强项，我玩得并不开心。

每次我去打球，内森都用那种挑衅的眼神看着我。我太讨厌他了！受他影响，我在比赛中的表现越来越差，每次击球都会失误。每当我挥棒打空时，都能听到内森在远处说：“打得好，‘小冠军’！”“不错啊，‘小冠军’”或者“又没打中啊！”他的声音刚好能让我听到，而负责人却对此一无所知。

真可恶！我感觉自己快要被逼疯了，但越是生气，我的打球状态就越糟糕。

在我又一次挥棒失误后，我听到内森在远处喊道：“又一个好球，‘小冠军’！”

我再也受不了了，大声喊道：“闭嘴，内森，你这个笨蛋！”

这本是一件小事，但就在我开始大喊的那一刻，全场都安静下来，每个人都能清楚地听到我说的话。由于太过愤怒，我喊得比以往任何时候都要大声，无论是谁都能看出我真的很愤怒。

“嘿！”负责人大声喊道，“过来。”我朝着坐在场边的他走去。“跟我来。”他站起身，将我从球场带到了活动中心的办公室。“无论发生什么，你都不能在场地上这样骂人。”

“对不起。”我真的感到很抱歉，知道自己这样做不对，“但那个人一直在给我起绰号，取笑我。”

“我不管他叫你什么，”负责人严肃地说，“你不应该在乎别人怎么叫你。如果你再这样的话，我就要给你的父母打电话了，明白吗？”

“好吧，我知道了。”我低声回答。

真是让人愤怒！这已经是我在一周内第二次因为内森

而惹上麻烦了，我真的受够了他。

这时，我想到了一个看似能一劳永逸的方法：我要和他打一架。我学过柔道，所以我感觉自己能给他点儿颜色看看。我一定要和他打一架，让他永远闭嘴。想到这里，我突然感觉心情好多了。

我觉得，内森和去年的肯尼·威廉姆逊是同一类人。只不过，肯尼喜欢用暴力欺负别人，而内森则喜欢用难听的话伤害别人，他的话丝毫不比一记重拳的伤害小。

当初我和肯尼正面对抗后，他就知道了我的厉害，明白不应该欺负我。同理，只要我和内森打一架，也会让他得到相同的教训：欺负别人是要付出代价的。

我要给内森上一课！

7

红色信号弹

回到家后，我打算告诉杰克舅舅今天发生的一切。我想，杰克舅舅如果知道我要教训内森，一定会为我感到骄傲，但我大错特错了。

“今天在夏令营过得怎么样？”杰克舅舅问我。

“不太好。”我回答。

“不太好？能告诉我为什么吗？”他关切地问道。

于是，我详细说了事情的经过：内森对我说了什么话；我将棒球打得多么糟糕；内森如何取笑我；我生气到了什么地步；我对他喊了什么，以及喊得多么大声；最后我是如何惹恼负责人的。

一方面，我觉得杰克舅舅会认为这有点儿酷，至少当我骂内森是笨蛋的时候有点儿酷。

另一方面，我又觉得舅舅可能因为我闯了祸而生气。虽然上次是他去校长办公室把我接回来的，但是这次他可能真的会生气。

然而，在我把经历的事情一五一十地告诉他后，我看不出来他到底是觉得我很酷，还是在生我的气。他只是静静地坐了几秒钟，然后对我说："那天我对你说的关于情绪控制的话，你一定没听懂吧？"

"什么话？"我问他，我完全不记得他当时说了什么。

"那天我去学校接你，你很生气、很沮丧，而且一直在哭。我告诉你，你需要学会控制情绪，因为当无法控制自己的情绪时，人们往往会做出错误的决定。你还记得吗？"

"我记得。"我低声回答。

"那你今天怎么又失控了呢？为什么又会惹上麻烦呢？你为什么要大发雷霆，让内森得逞呢？"

天啊！杰克舅舅问了这么多问题，让我觉得自己很不懂事。但我觉得，控制情绪并不像他说得那么简单。

“可是内森真的太烦人了！他的一言一行都让人愤怒。我一开始还努力保持冷静，但他一直说个没完，不停地取笑我……我就……”

“你就爆发了。”杰克舅舅接过了我的话。

“是的。”

“在暴跳如雷后，你得反思一下发生的事情和你的所作所为。在棒球场上，你没比过内森，还被他的话所影响，让自己惹上了麻烦，这些都是不好的结果。最重要的是，内森可能觉得自己赢了，因为他成功惹怒了你。当你因为对他大喊大叫而被批评时，他可能在一旁偷笑。他已经达到了目的，你被他成功惹怒，让他得逞了。”

我明白杰克舅舅的意思，但我仍然感到困惑，不知道如何像他说的那样真正控制住自己的情绪。“我知道，杰克舅舅，但这做起来可没那么简单。当他说出那些挑衅的话时，我真的不想生气，可就是控制不住。我到底该怎么做？”

“问得好，马克。”杰克舅舅回答道，“那我问你，当你开始发火时，你有没有注意到自己的身体有什么变化？”

“我发起火来什么都注意不到！”我回答道。

“不，我是说在你即将发火的那一刻，你有没有感觉到自己的身体有哪些变化？”

“嗯……我觉得有点儿热。”我仔细回想。

“嗯，很多人生气前都会有这种感觉。还有其他反应吗？”

“我觉得我的脸变红了。”我补充道。

“对，这也是一个常见的反应。还有吗？”

“当我真的开始发火时，我会握紧双拳，就像准备打架一样！”

“是的。”杰克舅舅说道，“这些都是生气前的正常反应，它们是你即将失控的信号。你可以把它们看作红色信号弹，它们一旦出现，就意味着你遇到了紧急情况，即将失控，你需要立刻采取行动来控制自己的情绪。”

“‘红色信号弹’？这是什么意思？”我有些不解。

“红色信号弹是一种通用的紧急信号。比如，如果

你的船正在下沉，你可以发射红色信号弹来求救；如果在森林里迷路，你可以发射红色信号弹来引起别人的注意。军队在战斗中也会使用这种信号。我记得在以前的一次行动中，无线电信号发不出去，我们就发射了红色信号弹来求助。所以，你可以把‘红色信号弹’看作身体发出的一个提示信号。当你开始感觉身体发热、脸颊发红，想要握紧拳头时，这就是身体在发出提示信号，意味着你需要冷静下来，调整自己的情绪。”

“我不能有情绪吗？”我疑惑地问。

“不，不是这样的。”杰克舅舅耐心解释，“情绪本身是正常的，它们是你内心真实的感受，构成了你丰富多彩的情感世界。比如，喜悦和兴奋是美好的情绪，它们让生活充满了色彩。然而，即使是这些积极的情绪，也需要我们进行控制。你已经明白在取得真正的成功之前，不应该过早地庆祝的道理。同样地，愤怒、恐惧、沮丧这些看似消极的情绪，也有存在的意义和价值，也是你的情绪的一部分。关键在于，你必须学会让这些情绪保持在可控范围内，不让它们左右你的思维和行为。作为一名战士，在战场上，失控的情绪可能导致致命的错误。一个错误的决策，可能让你付出惨重的代价，甚至失去生命。因此，战士们必须学会在任何情况下都保持冷静和理智，控制好自己的情绪。”

“那我该怎么做呢？就算我知道自己快要发怒了，也

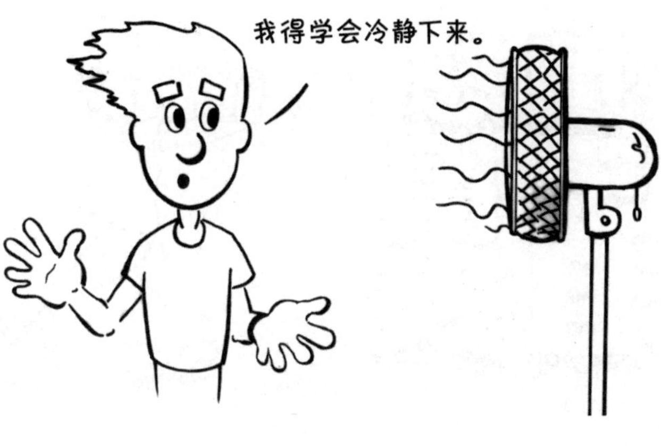

不一定能克制住啊！”我困惑地问杰克舅舅。

“我并没有说你不应该发怒。”杰克舅舅耐心地解释，“我想说的是，你完全有能力控制自己的情绪。方法有很多，你可以尝试深呼吸几次，先慢慢吸气，再慢慢呼气；还可以尝试转移注意力，想一些不会让你感到愤怒的事，或者预想一下做出错误决定可能带来的后果。如果这些都不起作用，那你就暂时离开当下的场景。这并不是不礼貌的行为，你只要说一声‘不好意思’，就可以离开了。远离让你愤怒的场景，让自己从当下的情况中抽离出来，这样你就更有可能恢复平静。即使你还是无法完全平复情绪，但至少不会因为乱发脾气而给自己带来更多麻烦。你说对吗？”杰克舅舅问道。

“是的，杰克舅舅，你说得很对。我不想再因为情绪问题而给自己带来麻烦了，我一定会多加留意这些‘红色信号弹’，并用你教我的方法去调整自己的情绪。”

8

我是小老板

今天是周六。对大多数孩子来说，周六可能意味着睡个懒觉、玩玩游戏或者看看电视。

但对我来说，情况完全不同。今天虽然很辛苦，却收获满满。

早上一起床，我就和杰克舅舅一起进行了锻炼。我们先做了 10 个引体向上，再冲到车库外面的道路尽头做了 20 个俯卧撑，最后快速跑回来，一共做了 10 组。虽然杰克舅舅完成得比我快，但我还是坚持做完了所有动作！

锻炼结束后，杰克舅舅让我把那辆生锈的旧自行车搬进车库。我们拿出爸爸的工具箱，杰克舅舅对我说："好，现在我们把它拆开吧。"

"拆开什么？"我有些疑惑。

"自行车。"他告诉我。

"我应该把哪一部分拆开？"我问。

"全部。"杰克舅舅说。

"全部？"我惊讶地问。

"是的，全部。这辆自行车需要进行彻底清洗、除锈，有些部分可能还需要上油，所以得全部拆开。"

"好吧。"我回答道，接过杰克舅舅递来的扳手，开始动手拆前轮。前轮已经生锈得很厉害了，我费了半天劲才把一边的螺丝拧松，但另一边始终拧不下来。

"如果你平时不注意保养，它就会变成现在这样。"杰克舅舅边说边递给我一个喷雾瓶，"往生锈的地方喷一些，喷完等

几分钟。”我按照他的指示，给前轮另一边喷上除锈剂，等待了几分钟。接着，我再次尝试，这次终于成功地拆下前轮。

“接下来，把踏板拆下来。”他说。

我拆下踏板后，又依次拆下车座、链条护板、后轮、链条，最后拆下刹车器。每当我拆下一个部分时，杰克舅舅都让我按照它们在自行车上的原始位置整齐地摆放在地上。拆完刹车器后，这一阶段的拆卸工作就做完了。

“杰克舅舅，接下来我要做什么？”我问道。

“现在，你得清除这些部件上的所有铁锈，并给它们重新喷上底漆。”

“好的，但是具体该怎么做呢？”

“你现在遇到了第一个问题。你需要一把钢丝刷和一些金属砂纸。在完成除锈后，你还需要一些底漆和油漆。不过，你看，现在没有这些东西，所以你得去买。”

“但是我没有钱。”我沮丧地说。

“你会有的。”

确实，杰克舅舅肯定会给我钱的！我心想。

“谢谢杰克舅舅！谢谢你给我钱修车！你真是最好的舅舅。”我兴奋地说。

然而，杰克舅舅却笑了笑，摇头说：“给你钱？哼！那是不可能的。如果我给你钱，那我就不是一个好舅舅。”

“啊？杰克舅舅，如果你给我钱让我修车，你真的会是个好舅舅的！”我试图说服他。

杰克舅舅坚定地摇了摇头，说：“很多人可能都会这么想，但是他们错了。我之前就跟你说过，如果我给你钱，你就不会去努力赚钱了，这对你来说毫无意义。你无法体会到赚这笔钱需要的努力和时间，也不会珍惜用这些钱做的事情，更不会珍惜用这些钱买来的东西。这就是为什么要你去找工作。”

“自己挣钱听起来确实很酷，但是有一个大问题。”

"什么大问题？"

"杰克舅舅，你之前说过，我还是个孩子！我才 10 岁，怎么可能找得到工作呢？只有大人才能找到工作！哪家公司会雇佣一个小孩呢？"我困惑地问道。

"那么，马克，我想你得自己创业了。"

天啊，自己创业？我这个年龄的孩子怎么可能考虑这种事！他在开玩笑吗？他是疯了吗？"杰克舅舅，我再说一遍——我才 10 岁！我怎么可能创业？"

"这其实很简单。"杰克舅舅说道，"想一想有没有你能做而别人不喜欢做的事情。"

"什么意思？"我疑惑地看向杰克舅舅，完全不明白他在说什么。

"比如，想一想你有没有什么特长？"

"杰克舅舅，我知道我是一名'战士小子'，我可以锻炼，可以练习柔道。

杰克舅舅盯着我看了几秒钟，说："跟我来。"他大步向前走，我紧随其后，我们穿过院子走向车棚，那里停放着我的自行车。杰克舅舅打开车库门，指着里面说：“去吧。”

我一脸茫然，完全不知道他在说什么。

“这是什么意思？我不明白。”

他指了指车库角落里的割草机，说：“去修草坪吧。这就是大多数人不想做，但你可以做的事情。把这两点结合起来，你就有了自己的小生意。”

杰克舅舅的话让我恍然大悟！修剪草坪确实是个枯燥的活——这也是大多数人不喜欢做它的原因（包括我的爸爸和妈妈）。我确实可以割草，而且之前我帮爸爸和妈妈割过草。那我是不是也可以帮别人割草并赚钱呢？

“对！这真是个好主意，杰克舅舅。我能做到，并且很擅长。我要有自己的小生意了！我自己的！”我兴奋地喊道。

“等等，马克。”杰克舅舅说道。

听到他的话，我突然担心起来，是不是有什么事情我没考虑到。“怎么了，杰克舅舅？”我问道。

“如果你打算开家公司，那你得给你的公司起个名字。你的公司叫什么名字？”

我想了一会儿，一个名字突然浮现在我的脑海中：“马克草坪精修！”我大声喊道。

“我喜欢这个名字！”杰克舅舅说，“恭喜你，马克老板。”

“谢谢你，杰克舅舅！”我兴奋地回应。

就这样，今天的我，既是“战士小子”，又是小老板，真是太棒了！

9

最后的办法

今天，我是“战士小子”。我要保持冷静，决不动怒。但我不确定自己能否做到，因为还有一个大问题困扰着我。

那就是内森这个讨厌的家伙。

早上我来到夏令营，一进门就看见了内森，他和平常一样令人厌恶。

不一会儿，大家准备开始踢球，我和杰西卡则在一旁聊天。杰西卡真是一个运动达人。足球、棒球、篮球，她样样精通。我好奇地问她最喜欢的运动是什么。

“篮球吧。”她告诉我，“我喜欢打篮球，因为比赛节奏快，可以得很多分！那你呢，马克，你最喜欢的运动

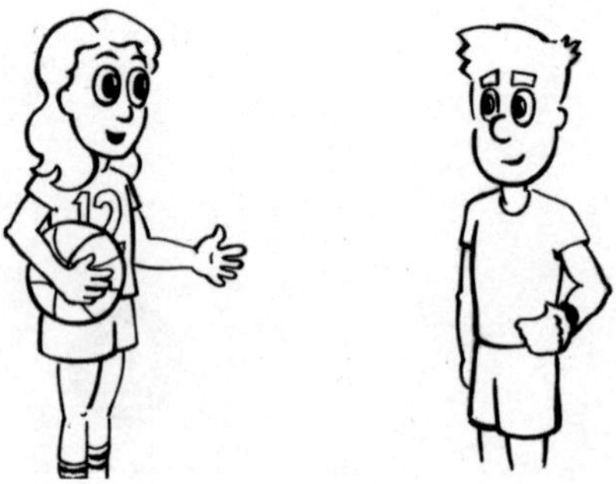

是什么？”她问道。

“我也爱打篮球。”

我回答道。

“篮球是你最喜欢的运动吗？”她好奇地问道。

这时，我发现内森正在不远处竖着耳朵，偷听我们的对话。我心里明白，他肯定会发表一些令人不悦的言论，但我才不想理会他。我回答杰西卡：“我最喜欢的……”我刚要开口，内森就打断了我。

“是什么？你最喜欢的运动是什么，‘大饼脸’？”他提高嗓门，模仿着杰西卡的语调，声音里充满了嘲弄。

我愣了一秒，试图无视他，重新开口说：“我最喜欢的运动是……”

“你好啊，我叫‘大饼脸’，我最喜欢的运动是……”内森再次打断了我，这次他换成模仿我，用另一种怪腔说道。

我感到一股怒气从心底涌起，它仿佛要将我吞噬！我感觉我的脸越来越热、越来越红，拳头也越握越紧。

这不就是杰克舅舅所说的“红色信号弹”吗？我马上就要发怒了！我深知这样不对，于是就按照杰克舅舅的教诲，尽量不去想这件事，深深地吸了一口气。我告诉自己要冷静下来，因为真正的“战士小子”不会被情绪所左右。我在学校因为情绪失控惹了不少麻烦，我不会再让那些事发生。渐渐地，我感觉自己冷静了一些。现在，我必须想个办法摆脱内森，好让自己全身而退。

我没有搭理他，而是看着杰西卡说：“快比赛了，我们去喝点儿水吧。”

“行。”杰西卡似乎松了一口气，或许这样我们都能暂时摆脱内森的纠缠。我们起身朝饮水机走去，我能听到内森依然在我们身后大声说着什么，但我才不在乎。

我和杰西卡各自倒了一杯水。

“内森真是个讨厌鬼。”杰西卡喝完后抱怨道。

“没错，他就是这样的人。”我回答道，“我觉得我们最好别理他。”

“你说得对，但他说话的声音太——大——了！”杰西卡做了个鬼脸，大声说道，“真的很难装作听不见。”我们都笑了起来。喝完水后，我们就回到了球场上。远远地，我又听到了内森的声音，他正在和鲍比说话。

“你的脑子是怎么塞进这么小的头里的？你的头好小啊，就像蚊子的头。你就是个‘蚊子头’！”

鲍比看起来十分不高兴。他本来就很害羞，而内森却当众羞辱他。

“‘蚊子头’，别吸我的血！”内森继续嘲讽道。

鲍比嘟囔着：“我不会吸血。我不是……”

“快看！‘蚊子头’居然会说话！你不仅脑袋小，嘴也小，难怪说话声音小，不过好歹还会说话！”内森的话里充满了恶意。

我注意到鲍比的脸色变了。他手足无措，说不出话来，看起来快要哭了。看到这一幕，我比内森取笑我时还要生气。我感觉我又要发怒了，但我迅速深吸了一口气，努力让自己冷静下来。

内森似乎也察觉到了鲍比的情绪变化，他得意地喊道："哈哈，快看啊！'蚊子头'要流眼泪了！"

在努力控制住自己的情绪后，我想起了"战士小子信条"中的"战士小子应尊重他人，并在他人需要帮助时，尽自己所能伸出援手"。现在，鲍比遇到了困难，他需要我的帮助。

我必须让内森立刻闭嘴。我想，是时候展示我的柔道技巧了。于是，我挤过人群，径直走向内森。

"够了，内森，安静点儿，没人想听你说话。"我冷静而严肃地对他说道。

"你管得真宽！"内森大声回应，"我就要说！你能拿我怎么办？"

"好。"我平静地说，"如果你继续这样，一会儿你就知道后果了。"

内森明显愣了一下，嘴里不知道嘟囔着什么。

“好了，孩子们！大家排好队，我们来分一下组。”夏令营的负责人走过来打断了我们的对话。他显然不知道刚才发生了什么，也不知道即将发生什么。

我们排好了队，有几个孩子被选为队长，他们开始挑选各自的队员。对此我并不关心，我只想教训内森一顿。作为一名“战士小子”，我应该帮助他人。鲍比需要我的帮助，我必须站出来替他出头。

晚上回到家后，我迫不及待地向杰克舅舅讲述了整个事件的经过。我描述了自己如何努力控制住情绪并成功摆脱内森的纠缠，并复述了内森对鲍比说的那些尖酸刻薄的话。实际上，内森不仅对我和鲍比冷嘲热讽，他对其他人也都如此无礼。我向杰克舅舅坦言，内森就是一个小人，他本性难移。

“我要给他一个教训。”我愤愤不平地说道。

杰克舅舅静静地坐了一会儿，问道：“你确定要这么做吗？”

我坚定地点了点头，说："是的，我确定。他的态度实在太差了，无论别人怎么劝他，他都置之不理。我必须站出来制止他。"

杰克舅舅没有立刻回应我，而是沉思了片刻，才缓缓说道："好吧，马克，事已至此，也别无他法。但记住，使用武力永远不是解决问题的首选方法。除非迫不得已，否则绝不能轻易动手。即使你真的决定教训内森，也必须确保自己的行动是正当的，并且要对他有充分的了解。在部队里，这叫搜集情报。"

"搜集情报？这是什么意思？"我问道。

"就是深入了解你的对手。他有什么特长或弱点？他是否携带武器？他的动机是什么？特别要留意他是否有后援。如果我们了解对手做事的动机，就可以针对他的动机采取行动，而不是直接针对他本人。"

"哦，我明白了。但是，我应该搜集些什么情报呢？内森看起来就是一个胡说八道的坏蛋啊！"我疑惑地问道。

"你需要多了解他一些。你可以试着找出他变成现在这样的原因，尽可能多地搜集关于他的信息。比如，他平时穿什么类型的鞋？背什么样的包？参加夏令营时爱吃哪些零食？他和哪些人走得近？他有哪些生活习惯和喜好？这样，如果真的到了必须与内森动手的时候，你至少对自己的对手有一定的了解。”

“这听起来会不会有点儿像在监视他？”我犹豫地问道。

“不，这只是在观察他。用你的眼睛去看，用你的耳朵去听，全面了解他，并把收集到的信息全都记下来，向我汇报。明白了吗？”

“明白了，杰克舅舅。”

“很好，那就去吧。”

虽然当时我并未完全理解杰克舅舅的意思，但我意识到我已经接到了人生中的第一个任务——搜集情报。这听起来既有趣又刺激！看来杰克舅舅默许我在搜集完情报后给内森一个教训。

我终于有机会展示我的柔道技巧了，我要成为一名真正的“战士小子”！

10

自找“麻烦”

在我上完柔道课回到家前，今天一直很美好。

早上的晨练让我收获满满，我居然成功地完成了 15 个引体向上，这可是我的个人新纪录！记得去年我还连一个都做不了，现在我真是有了很大的进步，就连杰克舅舅也频频点头称赞。美好的一天就这样开始了。

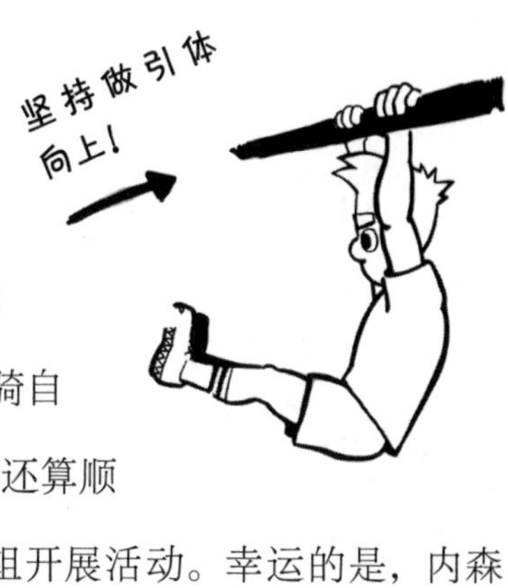

吃完早餐后，我步行去夏令营。唉，步行确实有些累，下次我应该选择骑自行车！抵达夏令营时，一切还算顺利。我们被分成不同的小组开展活动。幸运的是，内森和我不在一组，所以我玩得很开心。我们先参加了一个富有创意的美术活动，随后玩起了传鸡蛋游戏。这个游戏要求我们用勺子将鸡蛋接住，并通过转动手肘来传递鸡蛋，中途不能让鸡蛋破裂，真的非常有趣。

最后，我们用吸管、胶带和纸板制作了一个保护罩，以保护鸡蛋从3米高的梯子上扔下来时不被摔碎。我们小组成功地保护住了鸡蛋，没有让它摔碎。

回到家后，我修了会儿自行车，接着匆匆赶去上柔道课。柔道课真是棒极了！我们学了两个很酷的动作，并进行了大量的实战练习。柔道虽然看起来像和别人格斗，但实际上它有着严格的规则，实战双方会点到为止。在练习过程中，你既不能真的打到或踢到对手，也不能抓人、咬人。关键在于巧妙地控制对手的身体，通过技巧和策略来制服对手。

有时，我会出其不意地将对手制服，迫使他拍垫认输。

当然，我也并非每次都能成功，有时我也会被对手制服，但失败并不可怕，因为它会让我认识到自己的不足，从而不断进步。向对手拍垫认输，其实也是一种成长的体现。

下课时，我发现杰克舅舅正站在教室外，面带微笑地看着我。我知道，他看到我在柔道课上的表现和进步，心里一定很欣慰。与他会合后，他特地提到，他看到我用一些很酷的招式成功制服了几个对手。

随后，我和杰克舅舅一起乘车回家。在车上，他微笑着问我：“你觉得柔道怎么样？”我想他已经猜到了我的回答。

“简直太棒了！”我兴奋地回答道，“我觉得它非常有趣。”

“那你觉得哪里有趣呢？”

“我不太清楚，我觉得哪个方面都特别有趣。我特别喜欢柔道里那些连贯的组合招，一招接一招。当我把这些招式组合在一起时，就能打出不同的效果！”

“没错！这就是柔道的魅力所在，不是吗？”杰克舅舅笑着问道。

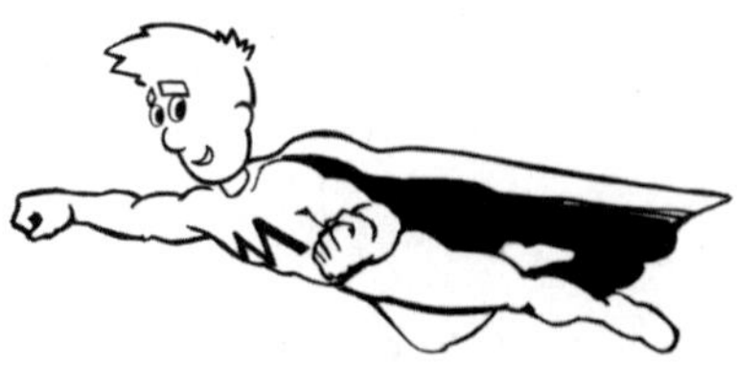

“没错！”我回答道。

突然，杰克舅舅的表情变得严肃起来。

“那你为什么不去参加柔道锦标赛呢？”他问道。

这个问题让我有些措手不及。

“什么？”我惊讶地问道。

“我是说，你的教练不是想让你参加柔道锦标赛吗？但你并不想参加。你为什么不去试试呢？你的表现这么出色，难道你不想检验一下自己的水平吗？”

我早就该料到他会问这个问题！本来我的心情挺好的，唉，真是有点儿扫兴。我不知道该怎么回答，只能愣在那里。

大约过了一分钟，杰克舅舅又问：“怎么了？”

“什么怎么了？”我回答道，心里暗暗祈祷他能忘记我们刚才说的话。然而，他却一字一字地问道：

“你——为——什——么——不——想——去——参——加——柔——道——锦——标——赛？”

我深吸了一口气，试图组织语言来回答他。我并不想透露真实的想法，于是开始编造理由：“因为……我……我不喜欢。”

“你不喜欢？你这么擅长柔道，怎么可能不喜欢？这可不是理由。”

“嗯……我是说……我不喜欢比赛，只喜欢训练。”

“但是你的教练希望你参加比赛，这对你来说是一个很好的机会。”

“我知道，但我就是只想训练。”

杰克舅舅沉默了片刻，突然转换话题：“那你为什么只喜欢训练呢？”

“什么？”我没想到他会这么问。

“训练，你为什么这么喜欢训练？”他重复道。

“因为训练能让我的柔道技巧提升，我感到很有成就感，而且我想变得更强。”我回答。

“明白了。那你能告诉我，为什么你不想参加比赛呢？比赛也是柔道的一部分，而且你会在比赛中变得更强。”

“我知道……但……我只是……”

“等一下。”杰克叔叔打断了我的话，“你害怕比赛吗？”

我知道瞒不下去了，于是鼓起勇气承认：“是的，我有点儿……我有点儿害怕。”

“害怕什么？你很优秀，每天都努力练习柔道，这有什么好怕的呢？”杰克舅舅不解地问。

“我害怕的不是柔道！”我激动地回答。杰克舅舅似乎察觉到了什么，他沉默了一会儿。

“好吧，那你到底害怕什么？”他平静地问我。

我想了好一会儿，才说道：“我怕输，我不想输。”

杰克舅舅点了点头，说：“很好。”

“很好？”我困惑地问道，“这有什么好的？”

“我想让你学会害怕失败。因为害怕失败，所以你会更努力地训练，做更多准备。这样，你成功的可能性就会更大。”他解释道。

“但我依然可能输。”我忧心忡忡地说道。

“不对。只有害怕到不敢参加比赛，才是真正的失败。只要你勇敢地踏出这一步，全力以赴准备比赛，即使最后没有赢，也能从中获得宝贵的经验。不管怎样，参加比赛对你肯定是有好处的。”

“可是，如果我的表现很差劲，比如我在10秒内就被淘汰了呢？那该怎么办？”我仍心存顾虑。

“如果这种情况真的发生，那就像我之前说的，你至少会知道自己在哪些方面存在不足，需要向哪个方向努力。战士不能总生活在舒适区里，他们需要不断地挑战自己，给自己制造困难。只有这样，战士才能变得更加强大。你也应该像战士一样，勇敢地面对自己的恐惧，去做那些你不想做但必须要做的事，对吗？”

杰克舅舅说的话很有道理，但我仍然有些犹豫。

“应该对吧。”我回答道。

“嗯，那你再好好考虑一下吧，不用现在做决定。”

我陷入了沉思，杰克舅舅的话总是那么有道理。尽管我还是有些抗拒，但我知道参加比赛一定是有益的，我必须这样做。

11

自由的感觉

去年夏天，曾和杰克舅舅谈论过“自律等于自由”这句话，当时我以为自己听明白了。我以为，人要想在一生中获得真正的自由，就必须自律，努力工作，甚至去做一些不想做而不得不做的事。于是，我努力地学习、训练，只为了不受人欺凌，不在课上出丑，我绝不要当弱者。但是，今年夏天，我对自律又有了新的理解！

上周末，杰克舅舅让我为自己的修剪草坪业务制作传单，并在附近分发。他甚至还让我在传单上增加了一项特色服务——拔杂草。如果你曾经尝试过拔杂草，就会知道这是一项多么艰巨的任务——你需要趴在地上，用手小心翼翼地扒开泥土，用力将杂草连根拔起。如果平常不爱打理院子的话，你可能要面对拔成千上万根杂草的挑战。我向杰克舅舅表达了我的顾虑，表示我不想拔杂草。他理解地笑了笑，说："我知道这个活不轻松，没人愿意干这种脏活累活！但正因为如此，这个活给的报酬才会很高！"杰克舅舅总是那么明智。确实，没有人喜欢拔杂草，这就是为什么他们会付钱让我去做。

果然，仅在一周内就有6个人打电话给我，有的人让我去修剪草坪，有的人让我去拔杂草，还有的人二者都需要！杰克舅舅叮嘱我，每天从夏令营回家后务必给这些客户回电话，并与他们约定一个周末上门服务的时间。令我惊讶的是，周五还没到，周六和周日就已经被预约得满满当当！我原本预计每家大约需要1小时的时间，但杰克舅舅却认为每家至少需要2小时。他建议我预留出足够的时间以应对各种情况，我接受了他的建议。

我心想，既然周六要忙一整天，那早晨偷个懒，多睡会儿应该是可以的吧。于是，我没有设闹钟。可是，我想错了！

周六早上，我沉浸在美梦之中，梦中我正享受着味美的冰镇薄荷巧克力奶昔。突然，我的被子被猛地掀开，我睁开眼，只见杰克舅舅站在床前："早上好，今天天气真不错，你怎么还不起床？咱们一起去车库锻炼吧！"

"嗯……我今天得忙一整天，所以早上想多睡会儿。"我解释道。

"当然可以，没问题，只要你不介意自己变得虚弱无力就行。即使你有其他事情要做，也不应该忽视锻炼。实际上，如果你总是想等空闲下来才去锻炼，那你这辈子可能都没有什么机会去锻炼了。如果你今天不锻炼，那么今天就过去了，再想补也补不回来。快起床，去车库锻炼。"

"好好好，杰克舅舅，我马上起床。"

我赶紧下床，穿上运动服，走向车库开始

锻炼。锻炼过后，我感觉神清气爽，为今天能克服赖床感到开心。

锻炼结束后，我开始准备一天的工作。第一家是奥图尔家，他家院子不大，工作相对轻松一些。第二家是基斯家，这家花了我不少时间，因为在修剪草坪之前，我得将一堆户外家具从草坪上移开，修完后再一一归位。最后一家是威尔特贝里家，我在这家花的时间更长。首先，这家的草坪特别大。其次，草坪上的东西特别多，我得一个个搬开才能开始工作。最后，草坪上杂草丛生，车道、步道甚至小花园里都长满了杂草，我花了好长时间才完成这家的工作!

下午3点半，我终于拖着疲惫的身体回到了家。此刻的我，浑身脏兮兮，肚子饿得咕咕叫，喉咙也干得冒烟。

今天对我来说，无疑是非常漫长的一天，但是你猜怎么着？

我挣了150元！

整整150元，全都是我挣的！仅用一天的时间，我就挣了这么多钱！！！

我一进家门，就迫不及待地把这些钱拿给杰克舅舅看。他露出了满意的笑容，说："干得好，马克！"

"你随便夸吧，杰克舅舅。我很开心，但也很累。我得坐下歇一会儿。"我对杰克舅舅说道。

"什么？"杰克舅舅的语气突然变得严肃起来，让我感到有点儿紧张，仿佛他还有更多的事情要我去做。

"我说，我要坐下歇一会儿。我真的很累。"

"你是不是忘了什么事情？"

我一脸茫然，不知道杰克舅舅在说什么。"什么事儿啊，我不知道。"我回答道。

"你不修自行车了吗？"他问。

哎呀，我还真的把这件事给忘了。之前我和杰克舅舅约好，无论发生什么事情，我每天都应该至少花30分钟来修自行车。但今天我干了将近6个小时的活，早上还锻炼了，难道就不能休息一下吗？今天我实在太累了。于是，我向杰克舅舅说明了我的想法，希望他能理解。

“我忘了，但我今天已经工作一天了，我真的很累，想歇一歇，不想修车了。”

“不行，马克。作为‘战士小子’，你不应该这样做，‘战士小子’都是说到做到的。你这是在拖延，拖着事情先不做，等以后再做，这可不是‘战士小子’的作风，‘战士小子’都是接到任务就立刻去做的。”

“但是……”我试图向杰克舅舅解释，希望他能理解我今天的疲惫，但他似乎并不太在意。

“没有‘但是’。如果你总是把今天的活推到明天，那就相当于你每天都欠着活没干；而如果你每天都把活干完，我保证你会倍感轻松。好了，别跟我争论这个了，快去修车吧。”

好吧，杰克舅舅一旦说“没得商量”，那就真的没得商量了。于是，我只好走到

车库，开始擦洗自行车。今天的主要任务是清除前轮轮圈上的铁锈。我拿起用来擦铁锈的钢丝球和杰克舅舅给我的除锈喷雾，开始认真地工作。我用力擦拭，直到轮圈上的铁锈全部消失，露出原本的光泽。接着，我又仔细擦洗了每根辐条，这比我预想的困难得多，尤其是辐条和轮圈的连接处，因为空间太窄，钢丝球根本伸不进去。最终，我还是完成了任务，整个前轮看起来焕然一新。

周日和周六一样忙碌，但我再未想过偷懒不去晨练或修车。我已经知道这些都是我必须要做的事：早早起床，锻炼身体，把工具装进桶里，推着割草机去凯丽、巴特勒和沃德家修剪草坪、拔除杂草，然后回家前往车库擦洗自行车的后轮圈。

就在我快要擦洗完后轮的时候，杰克舅舅走了进来。

“快看，杰克舅舅。”我举起一个轮圈说道，“它看起来干净极了！”

“确实，马克，你真棒。你今天挣了多少钱？”

“又挣了 150 元！”我回答道，“我仅在一个周末就挣了 300 元！”

“感觉如何？”杰克舅舅问道。

“太棒了！我感觉棒极了！”

“你确定吗？”

“当然确定啊！我挣了整整 300 元，而且旧自行车轮圈被我擦得闪闪发亮，简直跟新的一样！”

杰克舅舅面带微笑看着我，说：“我想让你记住这种感觉。这是一种无与伦比的满足感，是努力完成工作后产生的成就感。有时，我们可能因为拖延或懈怠而错过这种美好的感觉。这与‘自律等于自由’的道理是一样的，时刻保持自律可不是一件容易的事情。你可以

自由地支配通过劳动挣到的钱，购买你想要的东西；你想选择骑车或步行都可以，这也是自由的一种体现。真

正的自由，其实就蕴含在这种成就感中，它会让你觉得努力都是有价值的。”

我认真地点了点头，说：“杰克舅舅，我明白了。我平时坚持学习、锻炼和练习柔道，这些都是自律的体现，它们让我获得了内心的自由。同样地，我为了我的梦想而努力，这也是自律的体现，我也因此获得了自由。这种自由的感觉真好。”

“记住这种自由的感觉和成就感，尤其是当你面对艰难的挑战时。”杰克舅舅嘱咐道。

“我会的，杰克舅舅。”我坚定地说。

12

旧鞋

过去的几天里，我一直在搜集关于内森的情报。通过仔细观察，我获取了不少关于他的信息。这是杰克舅舅教我的方法——密切关注某人，并详细记录他的言行。只有这样，我们才能真正了解这个人，掌握他的动向，洞察他的动机。

杰克舅舅强调，观察对方时要保持适当的距离，以免被对方察觉。但这并不意味着我们只能远远地站在一旁无所作为。因此，我想出了一些巧妙的观察方法：当内森打棒球时，我会在远处的攀爬架上一边做引体向上，一边用余光留意他的动向；当中午吃饭时，我会选择坐在与内森隔两张桌子的位置上，这样既可以享用午餐，又能时不时地观察他的一举一动；当上美术课或在图书馆读书时，我会坐在能清楚地看到内森的地方，一边完成自己的手工作品或作业，一边留意他的行为。

然而，第一天对内森的观察并没有太大的收获。晚上回到家后，我按照杰克舅舅的指示，将搜集到的情报都写了下来。可惜，整张纸上只有一行字——他特别爱说话。

“就这些？”杰克舅舅看着我的记录问我。

“嗯，目前只搜集到了这些。”我如实回答。

“咱们已经知道他是个话痨了！任务失败！”杰克舅舅面带微笑地说。

“任务失败？这怎么可能！我可是盯了他整整一天啊！”我有些不服。

“你确实盯了他一天，可你什么都没发现。”杰克舅舅说。

“嗯……我不太懂。什么叫‘什么都没发现’？”

杰克舅舅看着我，解释道：“我是说，你搜集到的情报是我们之前已经知道的。关于内森的言谈举止，你需要找到更多的细节，比如他每天早上怎么去夏令营？他穿什么样的鞋和袜子？他中午吃什么？他背什么样的包？包里装了些什么？他怎么从夏令营回家？你要尽可能多地搜集这样的情报。”

我皱了皱眉，心里暗想：这些情报真的有那么重要吗？谁会关心他穿什么鞋、吃什么饭？“杰克舅舅，我真的不明白，这些情报有那么重要吗？既然我已经知道他是个坏孩子了，就应该揍他一顿，让这一切结束！”我困惑地说道。

杰克舅舅摇了摇头，严肃地说：“马克，你不能这样。我们不能因为讨厌一个人就对他使用武力，这是一种冲动的行为。你要记住：真正的战士不会意气用事，在动手之前，我们一定要有正当理由。而现在，你根本没有任何理由对他动手。如果你能更全面地了解内森，或许我们就能想出更合理的解决办法。有可能选择动手，

也有可能采取其他方式。只有当其他所有办法都不管用时，你才能动手。作为‘战士小子’，你要随时准备与坏人搏斗，但能不动手时决不动手。”

“好吧，杰克舅舅，我听懂了。但我还是不明白，我为什么要知道他吃什么饭、穿什么鞋、背什么包？”我问道。

“解决问题之前，我们要了解问题。如果我们连问题是什么都没弄明白，怎么可能找到最有效的解决方法呢？所以，别抱怨了，明天去学校继续搜集更多情报吧。”杰克舅舅耐心地解释道。

“好吧，杰克舅舅，我明白了。”

接下来的几天里，我按照杰克舅舅的指示，仔细观察内森的一举一动，搜集到的情报如下：

（1）内森的鞋比较旧，鞋底甚至磨出了洞，其中右脚鞋底的洞特别大，透过它几乎能看到他的袜子。

（2）他的袜子不仅脏，而且与鞋子不搭配，看起来像被狗咬过似的。

（3）内森的裤子在膝盖处有明显的磨损和破洞。你猜怎么着？这条裤子他至少穿了3天。从第一天开始，我就注意到了这个破洞，接下来的两天依然如此。再仔细一想，我意识到整个学年他好像都没有换过裤子！

（4）最重要的是，我发现内森只穿那两三件上衣。

（5）至于杰克舅舅问的背包，我观察了几天都没发现他有背包。他总是把一个旧塑料袋当作包来用，里面装着他的零食和其他杂物。

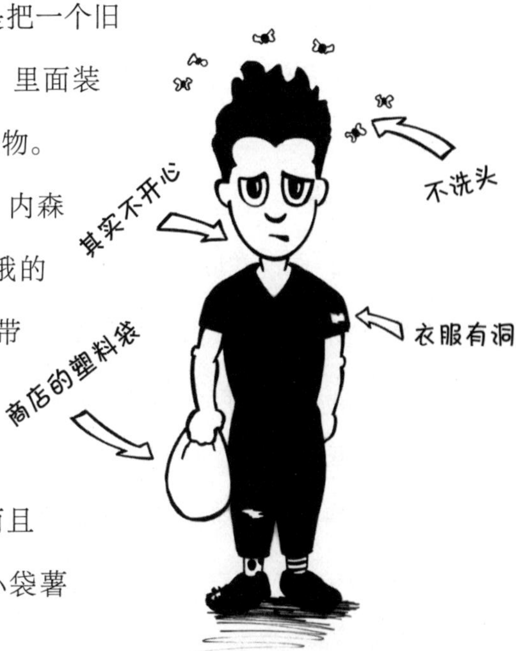

（6）我还发现，内森应该不是那种容易饿的人，因为他从不会带太多的零食。在过去的3天里，他只带了一次零食，而且带得不多，只是一小袋薯片而已。

我把观察到的关于内森的一切都告诉了杰克舅舅。我告诉他，内森的生活习惯很差，不讲卫生，饮食也不健康，甚至懒得换衣服！

“你真这么认为吗，马克？”杰克舅舅问我。

“嗯，是的！”我斩钉截铁地回答，“他就是这样的一个人！如果他讲卫生，为什么不换衣服？如果他不懒，为什么不买个放东西的背包呢？如果他想吃健康的食物，为什么只带薯片呢？”我坚信自己的判断。

“可是，你有没有想过，也许他没钱买新衣服，也许他买不起背包，也许他吃不起健康的食物，所以只能吃零食？”

我当然没往这方面想：“没有，我从没这样想过。”

“好，你现在设身处地地想一想，如果内森他们家没有钱买新衣服、背包，或者吃不起健康的食物，你觉得他们可能买得起漂亮的房子、汽车、电子游戏、电视和一个带健身房的大车库吗？他能上得起柔道课吗？他们可能连最基本的生活需求都难以满足。你觉得生活在这样的环境中，这个孩子会有什么感受？如果换作是你，你会有什么感受？”

我沉思片刻，回答道："会感觉很不好。"

"是的，马克，肯定不好。这就是为什么我们要搜集关于内森的情报，因为这样我们才能知道他的问题所在。也许内森的问题并不仅仅是话多且令人讨厌，他可能还面临着其他问题。"

"也许吧。"我边说边想着我所拥有的一切美好的东西。

"我们很快就能收集到更多的情报了。在那之前，你得保持冷静。"杰克舅舅提醒我。

"好，杰克舅舅。"我回答道，"我会的。"

杰克舅舅走出房间，我换上了一件漂亮干净的睡衣，同时我在想内森有没有睡衣。

可能没有吧。

13

坚持不懈

“对了，你还报名参加比赛吗？”杰克舅舅问道。

我就知道他会问这个问题。今天是柔道锦标赛报名的最后一天，杰克舅舅是不会忘记的。

我之前想，如果我就当没有这回事，什么也不提，那么等到杰克舅舅再提起参赛这件事时，我就来不及报名了。

但我又失策了！杰克舅舅今天早晨问的第一件事就是这个！

好吧，这也不算是坏事。我一直在想杰克舅舅跟我说过的话。我害怕失败，但是杰克舅舅跟我说过，害怕失败不是什么坏事。就算输掉比赛，我也能从中学到新的东西。

但我还是感到非常紧张。“我今晚下了柔道课再告诉你，行吗？”我试探性地问。

“一定别忘了，今天可是报名的最后一天。”杰克舅舅说道。

“嗯，忘不了。”

柔道课开始后，我认真地热身，练习了一些新动作，然后投入实战训练。

休息间隙，我和诺拉聊起了天。她比我小一岁，个头也比我小很多，但她却是个柔道高手。她不仅训练了很久，而且已经参加过很多比赛。

“你要报名这次的柔道锦标赛吗？”我问。

“当然！”她毫不犹豫地答道。真是不可思议，她岁数比我小，块头也没我大，但她一点儿也不害怕。“你呢？”她问道。

“嗯……我还在考虑……”

“考虑？这有什么好考虑的？”她说。

“嗯……那得……训练……而且还得……准备……对……得做这些事……”我支支吾吾地解释。

“训练和准备？你以为我们每天在这里做什么？我们每天训练不就是为比赛做准备吗？”诺拉的话让我恍然大悟，她说的话确实很有道理。

我鼓起勇气问她是否感到害怕。我没有直接用“害怕”这个词，而是用了“紧张”这个词。我想，我现在有点儿不敢提“害怕”这个词。

“你紧张吗？”我试探性地问道。

“紧张？当然会有一点儿。”诺拉坦然地说，“但一想到这些都是我们日常训练的内容，我就觉得没什么好紧张的，把它当成一次更认真的训练就好。说到底，比赛只是柔道的一部分。”

“那输了比赛怎么办？你不担心自己会输吗？”

“输？我已经输过很多次了！”

我回想起学校里随处可见的诺拉手捧奖杯、佩戴奖牌的照片，不禁好奇地问道：“可是，你明明赢过很多奖牌和奖杯呀！”

诺拉笑了笑，回答说：“当然，我确实赢过很多次，

但输的次数也不少啊。尤其是我刚开始参加比赛的时候，输的次数甚至比赢的次数还要多，只不过输的时候没拍照罢了。”

我进一步追问：“那你真的不介意输吗？”

“我当然不想输，但是也不介意输。因为我明白，如果不参加比赛，我就永远没有赢的机会，那样才是真的输了！”

这个三年级的小女孩说的话，与杰克舅舅的教导几乎一模一样。确实，我也应该勇敢地去参加比赛！

“我就是这么想的，这……这就是我要参加这次柔道锦标赛的原因！”我强装镇定地说道。

“那太好了，这次的比赛一定会非常有趣。”她说道。

接下来的柔道课，我训练更努力了。

每次我和对手进行实战训练时，我都会想象自己正

身处真正的比赛中。

我竭尽全力，在训练时不让自己后退一步，努力制服每一个对手。一节课下来，我早已大汗淋漓。

课后，杰克舅舅来接我。

“你决定得怎么样了？”他关切地问道。

“杰克舅舅，我决定报名参加比赛。”当我说这些话时，我的感觉与以往有点儿不同——紧张依旧存在，但同时夹杂着些许兴奋。

“非常好。”杰克舅舅说道，“你一定会从中收获很多，相信我。”

回到家后，杰克舅舅和我一同走向车库，继续进行那辆生锈的旧自行车的翻新工作。如今，这辆旧自行车早已不再是当初锈迹斑斑的模样。

轮圈焕然一新，车把也修好了，整个自行车已经被清理得差不多了。

“它看起来真不错，是吧，马克？”杰克舅舅满意地

问我。

“是的，我从没想过这辆车会变得这么干净，而且从开始到现在我似乎也没为它花太多的时间。”

“其实，这就是它原本应有的样子。但你知道吗? 你可能已经在这辆车上花了将近 20 个小时了。”

“有这么久吗? ” 我难以置信地问。

“对，你想想，现在离开始已经过去 1 个多月，每天你都会花半小时到 1 小时的时间来修车。算一算，到现在为止，你至少已经干了 20 个小时了。”

“可我感觉没那么长。” 我回答道。

“这是因为你采取了分段的方式，你每天都干，做到了坚持。”

“做到了什么? ” 我问道。

“坚持。你看，你没有试图一次性完成工作，而是每天都坚持做一点点，这样工作量就不会显得过于庞大。现在回头看看，你其实已经完成了很多工作。”

“这么看来，工作量确实不大。每天就这么一点点，有时我居然还不愿意干……”

自律等于自由

“虽然有时不太想做某件事，但最终还是坚持完成了，这就是自律在起作用。今年上大学时，我就是这么做的。当我接到一项大任务时，我会选择每天在这项任务上都投入一些时间，大约 1 小时。这样，1 周下来，我就干了 7 小时。2 周后，任务基本完成，我甚至还有空余时间来检查和修改。而有些同学总是在提交日期临近时才开始干，他们试图在短短的 15 个小时内完成整个任务。可想而知，这种情况下，质量自然难以保证，而且短时间内完成这么大的任务会让人倍感压力。相比之下，把大任务拆分成小任务，每天有条不紊地做一点，这才是明智之举。”

“这就像我打扫房间一样。”我补充道。

“哦，怎么说？”杰克舅舅好奇地问。

“如果我每天都稍微打扫一下房间，每次只需要几分钟；但如果我整整一个星期都不打扫的话，那么最后我得花上 1 小时才能打扫干净！”我解释说。

“没错，你说得对。不过，生活中并非所有事情都能按计划稳步进行。有时，我们也需要短时间内集中精力，全力以赴地做某件事情。比如，任务突然推迟了或者发生了一些意外情况。我记得有一次我在外旅行时，家里的热水器突然坏了，整个房子都被水浸透，地板也被冲坏了。回到家后，我必须把旧地板翘出来，换上新地板，这一切都必须在我下次出门之前完成，于是我不得不连续工作 36 个小时。尽管计划很重要，但战士也要学会灵活应对，根据实际情况调整计划。”

“那么，杰克舅舅，如果条件允许的话，我是不是应该先制订计划，把工作分解成小部分，再逐步完成呢？”我问道。

“没错。好了，我们去找地方吃晚饭吧，庆祝一下你今天取得的收获。”杰克舅舅说。

“好的。”我欣然答应。

“去麦穗之家餐馆怎么样？”杰克舅舅提议，他知道这是我最喜欢的餐馆。

“太棒了！”话还没说完，我就已经想到要吃哪些好吃的了！

14

偷懒的一天

我似乎总能从杰克舅舅身上学到新的东西。今天，他又给我上了一节意义非凡的课。

这一切还得从周五说起。那天清晨，我早早起床，与杰克舅舅一起锻炼，随后前往夏令营；午饭时，我回家帮妈妈完成家务；下午，我则去上柔道课，刻苦训练；晚上回到家后，我忙于修自行车，享用晚餐后便安然入睡。一天的辛劳让我筋疲力尽，一躺上床便迅速进入梦乡。

然而，我仿佛刚刚闭上眼睛，闹钟就响了，它提醒我新的一天已经开始，是时候起床干活了。大多数孩子在周六会选择放松身心，享受闲暇时光，但身为一名

“战士小子”，我深知自己没有太多时间去放松！

因此，我只能振作精神，与杰克舅舅一起锻炼，随后开始帮客户修剪草坪、拔除杂草。整个周末，我都在忙碌中度过。

此外，我找到了另一份薪酬丰厚且相对轻松的工作。上周，我在街头偶遇了莱瑟姆先生，我主动询问他是否需要我的帮助。莱瑟姆先生的院子可谓别具一格，那里几乎没有任何植物——没有草，没有花，没有树，甚至连可以拔的杂草都没有！他的院子里只有混凝土和小径。既然我是一个热衷于寻找工作机会的小老板，我觉得我应该去他家，进一步了解他的需求。上周末，他告诉我暂时不需要我帮忙，于是我便回家了。现在想想，我真应该多停留一会儿！

周六早晨，我又来到莱瑟姆先生家，再次询问他是否需要我的帮助。

他立刻回应道："需要，需要！跟我来，孩子。"他带着我穿过他的房子，从后门走了出来。

他的后院和前院一样，仅有混凝土和小径，只不过多了一个大露台。其他看起来都还好，但是有一个问题：一片又大又脏的灰白色污渍斜着覆盖了整个露台台面。

"你看到那个了吗，孩子？"莱瑟姆先生指着那一大片污渍对我说，"那是鸟粪。"

"鸟粪？"我惊讶地回应。

"是的，孩子，就是鸟粪。经常有鸟站在那根电线上，朝我的院子拉屎！"

说着，他指了指露台的上方，那里有一根横跨院子的电线，从巷子一直延伸到屋顶上面。果然，有只鸟正站在上面拉屎。

"我下周打算把那根电线挪开，但现在我需要找人把这些脏东西清理干净。"

这听起来一点儿也不好玩！没有人愿意以清理鸟粪

为生!

于是，我试图找借口推脱：“很抱歉，莱瑟姆先生，我更喜欢在院子里干活。”

“这就是我的院子。”他回答道。

我的大脑飞速运转，想再找一个理由。我说：“我知道，莱瑟姆先生，问题是我只有除草的工具，而没有专门清理鸟粪的工具。不过，我真的很感激您能给我提供这份工作。”完美！这真是个完美的借口！

但莱瑟姆先生的一句话打破了我的幻想：“别担心，孩子，我这里有你需要的所有工具——刷子、手套、水、水桶……应有尽有。跟我来，我带你去拿，顺便告诉你水枪放在哪里。”

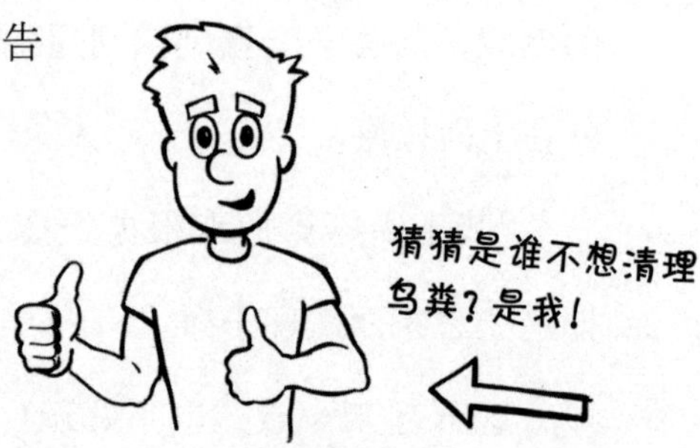

好吧，我真是找了一个“好借口”。杰克舅舅曾经说过，

赚钱的方式就是要做别人不愿意做的事。很显然，没人愿意清理这么多鸟粪。

“没问题，莱瑟姆先生。”尽管心里有些不情愿，但我还是跟着他走向了工具室。莱瑟姆先生递给我一个大水桶、一把小刷子和一副橡胶手套，并告诉了我水枪的位置。我迅速将水桶装满水，准备开始做这项艰巨的工作。

“开工吧，孩子，需要什么随时告诉我。”莱瑟姆先生说道。

“好的，莱瑟姆先生。”我十分勉强地说道。说完，我便开始进行漫长的擦洗工作。

擦洗……不停地擦洗……擦洗这片鸟粪整整花了我 3 个小时的时间！最终，露台被我擦得干干净净。

我仔细冲洗了所有工具，将水桶、手套和刷子整齐地放好，然后敲响了莱瑟姆先生的门。他从屋子里走出来，绕着露台仔细检查我的工作成果。检查完后，他满意地点点头，说道：“做得不错，孩子。”说着，他从钱包里掏出 3 张 100 元的钞票递给了我。这一共是 300 元啊！

看着手中的钱，我兴奋了足足 2 分钟。

然后，我想起还有几家等着我去服务，于是我根据安排前往了杰克逊家、基斯家和纽瑟姆家。虽然我尽可能以最快的速度完成了修草和拔草的工作，但我还是干到了晚上 6 点。回到家后，我匆匆吃了一顿晚饭，便开始修理自行车。忙完这一切，我赶紧躺在床上，又一次感到筋疲力尽！

第二天的生活和前一天的几乎一模一样，除了没有

鸟粪需要清理。我一大早就起床锻炼，然后挨家挨户地进行修草和拔草的工作。由于天气炎热，我感觉比平时更加疲惫。晚上回到家，我匆匆吃过饭，又开始修理自行车。

完成所有事情后，我迫不及待地想上床睡觉，但突

然想到明天夏令营没有安排活动，于是，我决定给自己放一天假，什么也不做！

没错！我要休息一天。

修完车后，我回到屋内，发现杰克舅舅正在桌旁看书。我知道向他提出休息的想法可能让他不高兴，可我如果什么都不说，明天的活就会和今天的一样多。

“杰克舅舅？”我小心翼翼地说道。

“怎么了，马克？”他抬起头回答道。

“我真的很累。”

“那就对了，这说明你度过了充实而忙碌的一天。”

“不是，杰克舅舅。我是说，我快累死了。明天夏令营没有安排活动，我能否休息一天，什么都不做，您觉得可以吗？”我试探性地问道。

“什么都不做？不锻炼了？不修剪草坪了？也不修车了？你确定吗？”他反问道。

“我确定，杰克舅舅。我真的需要休息。”我在等杰克舅舅反驳我，比如说“这可不行”“你必须坚持下去”“你得把每天都过得充实，不能无所事事”之类的话。

然而，他只是简单地回答：“好吧。”

除此之外，他并没有再说什么，就继续低头看书了。

耶！明天是休息日！

于是，我兴高采烈地上楼关掉闹钟，换上睡衣，躺在床上享受这难得的闲暇时光。第二天清晨，我早早地醒来，但由于今天是休息日，我并没有急着起床。

下楼吃早饭时，我看见了杰克舅舅。他已经锻炼完了，正准备去图书馆查些资料。妈妈也已经出门上班去了。今天终于可以好好放松一下了！

杰克舅舅刚走不久，我便坐在沙发上看起了电视。过了一阵，我打开电脑，看了一会儿视频，玩了一会儿游戏，然后继续看电视。

下午，杰克舅舅回家，手里拿着几本从图书馆里借来的书。他换了一身运动服，拿着一个背包，说要出门一趟。

杰克舅舅又走了！我再次沉浸在电视和游戏的世界里，享受这难得的悠闲时光。就这样，一天的时间在不知不觉中悄悄流逝。

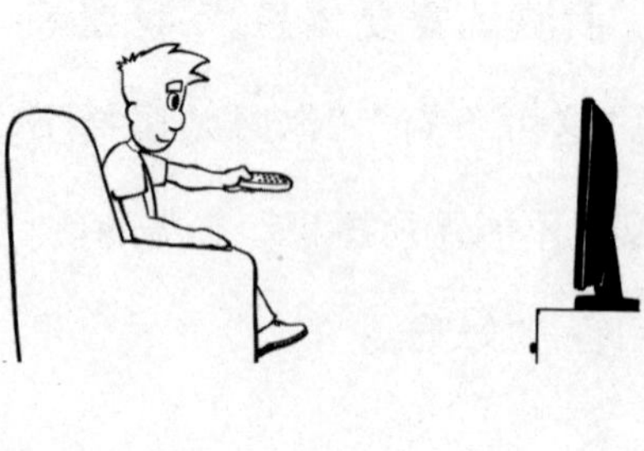

晚饭前，杰克舅舅回到了家。他满头大汗，浑身脏兮兮的，显然忙碌了一整天。

我们一起坐下来吃晚饭。

“你今天休息得怎么样？都干了些什么？”杰克舅舅好奇地问我。

“没干什么，主要就是放松了一下。”我回答道，声音的底气有些不足。

“哦？那你是不是除了看电视就是打游戏？”杰克舅舅似乎看穿了我的小心思。

“没有，就稍微玩了一会儿。”我小声回答道，看来他已经知道了我这一天是怎么过的。

“杰克舅舅，那你今天都做了些什么呢？”我好奇地反问道。

“我今天在图书馆里查了很多关于第一次世界大战的资料，尝试深入学习这方面的知识。然后，我给世界各地的朋友们发了十几封电子

邮件，与他们交流了一些想法。之后，我开始设计房屋，我计划将来自己建一栋房子。设计完后，我还去攀岩了一会儿。”他一脸满足地说道。

研究第一次世界大战、攀岩、设计房子……相比之下，我觉得自己错过了很多好东西。

“哇！你今天居然做了这么多有趣的事。其实，我本来也想和你一起的。”我有些羡慕地说道。

“我本来也想找你的，可你说今天你想休息。对了，说到休息，今天你感觉如何？”

“什么意思？”

“你不是特别想休息一天吗？那你今天休息得怎么样？过得好吗？”

“嗯……挺好的。”我支支吾吾地回答，心里有些发虚，毕竟今天过得确实很无聊，所以我赶紧改口，“凑合吧。”但我知道这也不是真话，因为今天连“凑合”都算不上，所以我又试图改口：“我是说……”不过，我觉得杰克舅舅根本不信我说的话，于是我只好实话实说：“也许不是很好。”其实，我连“也许”都不该说，我知道今天过得并不好。

最后，我还是坦白了：“不，杰克舅舅，今天我过得并不好。”

“为什么？”

“我不知道。我今天确实没干什么……我是说……我不是一点儿正事都没干……我就是有点儿……有点儿……懒。”我有些不好意思地承认。

“你今天偷懒了，是吧？”杰克舅舅一语道破。

“是的，杰克舅舅。我以为我需要休息，我以为休息一天会感觉很好！”

“那是肯定的。刚开始偷懒的时候，确实感觉很舒服，但一旦习惯偷懒，问题就会接踵而至。当你回顾偷懒的一天时，你会说‘我很高兴今天什么都没做’‘我很高兴今天什么进展都没有’‘我很高兴该干的活儿都没干’‘我觉得今天过得真舒服’之类的话吗？答案肯定是否定的。为什么呢？因为正常人不会这样。当你面对困难的工作时，偷懒的念头确实会在脑中浮现；当你感到疲惫时，你会不禁想歇一天。但你如果真的整天无所事事，那么内心只会感到空虚和不安。”

杰克舅舅的分析总是这么透彻。我如果某天偷懒了，

刚开始肯定觉得很舒服。然而，如果一天下来我什么都没干，就肯定会觉得自己在虚度光阴。更糟糕的是，即便身体未动，可内心却疲惫不堪。事实上，我觉得偷懒比忙碌更累！

“是的，杰克舅舅，偷懒一天，我确实感觉少了点儿什么。”

杰克舅舅没有说话。一两分钟后，他看着我说道：“你今天还是有收获的。”

“收获？我收获了什么，杰克舅舅？”我疑惑不解。

“今天，你上了一节非常有意义的课。你明白了偷懒是不对的。今天你偷懒了，同时今天就这么过去了，永远不会回来，这一点你要记住，马克。”

“我记住了，杰克舅舅。”

杰克舅舅点了点头，他知道我一定会记住的。

随后，我上楼准备睡觉。一想到明天又会是收获满满的一天，我就兴奋不已。

15

一个不同的世界

今天我明白了一些之前无法理解的道理。我深信，我会因此成为更好的自己。

杰克舅舅告诉我，我们将要完成一项任务，他会在今天下午夏令营结束后来接我。结束铃声响起，我走出活动中心，只见杰克舅舅已在对面的街上等我。他挥手示意我过去，当我走近时，他问道："哪个是内森？只需告诉我，不用指给我。"

我回头望向活动中心，目光锁定在内森身上："在那儿，他就在那儿。"

"描述得更详细些，比如他穿什么颜色的上衣和裤子，他具体站在哪里。"杰克舅舅进一步询问。

“嗯……他穿着黑色T恤衫和黑色牛仔裤，头发也是黑色的，此刻正站在旗杆旁。”我仔细观察后回答道。

“我看到他了。好，我们跟着他，就沿着这条街走。”

于是，我们沿着街道前行，至尽头后左转。杰克舅舅坐在了一张人行道旁的长椅上，示意我也坐下。

“我们现在在做什么？”我问道。

“我们在侦查。侦查，其实就是另一种观察和搜集情报的手段。我们要观察内森，以便搜集更多关于他的信息。现在，继续盯着他。”

“好的。”虽然我不清楚我们为什么要侦查，但这似乎是一件很酷的事情。

我们坐在长椅上，目不转睛地盯着内森。

其他孩子都陆续被接走或自己骑自行车回家，而内森却始终没离开旗杆周围。过了一会儿，最后一个孩子离开了，甚至随营的老师们也都离开了。在所有人都走后，内森仍在原地逗留。最后，他独自沿着街道向镇里走去。

我们小心翼翼地起身，远远地跟着内森，确保既不被他发现，也不失去他的踪迹。他似乎在毫无目的地闲逛，不时停下脚步四处张望；时而弯腰从地上捡起些什么，仔细端详后要么将其收入口袋，要么随手将其丢弃；偶尔会在长椅上、路边或台阶上欢快地跳跃，手舞足蹈，仿佛在自娱自乐；他也会驻足于某个房屋前，凝视前方，仿佛在思考人生。

我和杰克舅舅必须时刻保持警惕，以免内森看到我们。每当内森快要离开我们的视线时，杰克舅舅就会跟上。我们一会儿小心翼翼地靠近他，在他身后不远处驻足观察；一会儿迅速躲进附近的小巷子里，但始终确保我们能看到他。

过了许久，内森似乎到了目的地——奎基大卖场的停车场。他径直走到一棵小树前，将一直随身携带的塑料袋挂在树枝上，然后靠着树干坐在了地上。从他熟练的动作来看，他似乎并不是第一次这么做。

他还和进出卖场的人们热情地打招呼，仿佛与他们熟识已久。其中，一人走进卖场，出来时给内森带了一个热狗；另一人在进入卖场前与内森交谈了一会儿，出来时给内森带了一罐汽水；其他人则只是简单地与他打了个招呼。偶尔，有人会把车后面的空罐子和空瓶子递给他。

真是奇怪。

内森一直坐在马路边，没有离开过。那张包裹热狗的纸被他巧妙地折叠出了各种各样的造型，看上去有十几种。每喝完一罐汽水，他都会从包装纸上撕下一小块，将其攒成团，然后试图将纸团扔进空汽水罐里，就像在投篮一样。每次成功扔进后，他都会再撕下一小块包装纸，继续这个游戏。

每当有人递给内森空罐子或空瓶子时，他都会将它们捏扁，放进挂在树上的塑料袋里。过了很长一段时间后，内森拿起那个装满瓶瓶罐罐的塑料袋，透过窗户向卖场内的收银员挥了挥手，随后沿着街道离去。

我们立刻起身跟上他。这次，他在一家杂货店门口停了下来，带着那个装满罐子和空瓶子的塑料袋走了进去。几分钟后，他拿着空袋子走了出来。

“他把那些空瓶子和空罐子都卖了，这些都是可以回收的。它们应该能卖个十几元吧。”杰克舅舅说道。

卖完后，内森翻了翻杂货店的垃圾桶，从中找到了更多的空瓶子。他还和路边停车的车主交谈了一会儿。由于我们躲在街对面的商店里，所以听不清他们的对话内容，但从内森的手势和表情中可以看出，他一定是在请求他们给些空罐子或空瓶子，因为时不时就有人递给他一些。

在塑料袋再次装满后，他又回到了杂货店。这次出来时，他的手里多了一个小三明治。他坐在附近的长椅上，开始吃三明治。

“看来他在用瓶子换食物。”杰克舅舅观察后说道。事实也确实如此。

吃完三明治后，内森又开始行动了。他的步伐缓慢而随意，似乎仍然没有明确的目的地。他时而停下来摆弄手中的物品，时而环顾四周，时而捡起地上的东西然后随意丢弃。

他穿过镇中心，走过数家商店，甚至亲自“探访”了其中的几家商店。他的行程很长，似乎没有尽头。

随后，他来到了小镇的另一边。这里已经不再是居民区，而是布满仓库、破旧小商店、汽车修理店和焊接店的地方。这个地方看起来很破。

我们始终与内森保持着几个街区的距离，小心翼翼地跟着他。

内森时不时会走进路边的店铺。我可以看出，这对

他来说似乎是日常的活动，因为商店里的人都认识他，热情地和他打招呼。有时，他会带着半袋薯片或一小块饼干从商店里出来。

“好了，现在我们知道内森的饭是从哪里来的了。”杰克舅舅说道。

“没错。”我回答道。

我没想到他的食物竟然全都是靠这种方式得来的。在某种程度上，我甚至觉得这种生存方式有点儿新奇。但当杰克舅舅告诉我这是内森唯一获得食物的方法时，我意识到这其实并不酷，反而充满了无奈和艰辛。

最终，内森停在了一栋建筑前。这是一栋用砖砌成的建筑，外表显得破旧不堪。门口挂着一块牌子，上面写着“莱姆的金属工厂”。建筑的侧面有一扇门，内森从口袋里掏出一把钥匙，打开门走了进去。几秒后，我们看到楼上的灯光亮起，显然他家里现在只有他一个人。

“好了，马克，我们该回去了。”杰克舅舅边说边甩头示意，我们向着娱乐中心的方向走去。此时天色已晚，显然过了我的就寝时间。“看来他的生活和你的生活大不相同，对吧？”杰克舅舅边走边问我。

“对，杰克舅舅，确实如此。”我回答道，心中充满了感慨。

“马克，你想过吗？你的生活和内森的生活有着天壤之别，你觉得他的生活状况能和你的相提并论吗？如果换成你看到其他孩子每天吃着味美的食物，住着漂亮的房子，你会不会嫉妒他们？”

我深吸了一口气，回答道：“可能吧，杰克舅舅。”杰克舅舅说得没错，内森似乎生活在一个和我完全不同的世界里。

杰克舅舅语重心长地说：“他之所以如此，是因为他的生活确实与你的截然不同。想象一下，如果你也像内森一样，大部分时间都是孤身一人，甚至需要靠乞讨来维持生计，你还能和那些生活条件优越的孩子和睦相处吗？你会用怎样的态度对他们呢？”

我沉思片刻，回答道：“内森的生活条件不好，但这并不意味着他有权利随意挖苦和讽刺别人。”

“我不是说他能随意挖苦和讽刺别人。”杰克舅舅回答道，“我想问的是，你是否了解他是如何走到今天这一步的？你知道内森为什么要这样做吗？”

我沉默不语，杰克舅舅的话触动了我。我意识到，内森的生活确实比我想象的更加艰难。他的刻薄和冷漠，或许正是他对艰辛生活的一种反抗。他对那些被宠坏的孩子的态度，其实在某种程度上映射出了他内心的痛苦和无奈。

“我明白了，杰克舅舅。”我说道。

“明白就好。那么现在，你与其想着揍内森一顿，倒不如想想怎么去帮他，如何引导他变得更好。揍他一顿确实很容易，可想要帮他的话就难了。但是，帮他是明智之举，‘战士小子’就该这样做。纵使这样做更难，我们也要做正确的事情。”

“可是我该怎么帮他呢？我也没法改变他的生活啊。”

“你无须改变他的生活，只需要引导他步入正轨就好。”

随后，杰克舅舅不再讲话，我们顺着街道回到家里。

一进门，杰克

舅舅就问我：“你还记得刚走上‘战士小子’的道路时的你吗？”

我点了点头，回答道：“当然记得！那时候的我就是个胆小鬼！”

杰克舅舅笑了笑，说：“没错，‘战士小子’的道路不仅能帮助你这样的孩子变得勇敢，也能帮助内森这样的孩子。走上这条路后，他可以学会自律、学会专注，这样他的生活和他自己都会变得更好，他会成为一个更加出色的人。”

我点了点头，但心中仍有些疑惑：“这听起来是个好主意，但我怎么去做呢？我毕竟不能改变他，也不能强迫他变成另一个人。”

“你说得对，马克，你没法强迫别人改变，那样行不通。”

“那我到底该怎么做呢？”我好奇地问杰克舅舅。

“办法只有一个——你去引导他。”

说完，我们悄悄地进了屋，尽量不发出声音，以免吵醒妈妈。

我躺在床上思索着，心中涌动着新的想法和决心。是的，我必须去引导内森。

16

这才叫“大饼脸”

今天和往常不太一样。

早上与杰克舅舅一起锻炼时，我向他请教了如何引导内森。我明白，不能简单地走过去对他说：“照我说的去做！”这并非解决问题的办法，杰克舅舅也深以为然。

“这样做肯定行不通。”杰克舅舅点头说道，“真正的引导并非强制或命令。虽然短期内控制、命令他人做事可能见效，但绝非长久之计。真正的引导在于与他人建立深厚的人际关系，成为他人的朋友。这样，他人才会真心听取你的建议，因为他们愿意，而非被迫。”

我思索片刻，问道：“所以我必须得跟内森成为朋友吗？”

“对，最起码你要去试一试。”

“内森一有机会就取笑我，我怎么可能跟他做朋友呢？”我不解地问杰克舅舅。我怀疑他压根儿就没考虑清楚！

杰克舅舅问道：“他有没有打过你？”

这个问题有点儿怪。“没有。”我告诉杰克舅舅。

“那他有没有踢过你？”

“也没有，杰克舅舅。”

“那他有没有扇你耳光、抓你或咬你？”

“都没有。”

“那他都对你做过什么？”

我陷入了沉默。内森都对我做过什么？那些是什么时候的事？我都快记不清了。“嗯……他取笑我，给我取外号。”

“对，没错，”杰克舅舅笑着说道，“那个‘大饼脸’的外号。”

“这一点儿也不好笑，杰克舅舅。”我不满地对他说道。

“别太在意，这个外号其实挺有趣的。战士不会被外号这种小事所困扰，他们有更重要的事情要做，你只管处理好这件事，让生活继续。”

“好吧，可是我真的很生气，怎么才能处理好这件事？”

“很简单，你就大声笑出来！当听到这个外号时，你要选择用笑声回应，不要生气。告诉你一个秘密：大笑不仅能让心情更好，还能让别人的嘲讽变得无力。人们取笑他人是为了显示自己的强大。你如果学会自嘲，就能把他们的这种力量夺走。敢于自嘲是内心强大的表现，试试看吧。”

“行，杰克舅舅，我试试看。”

第二天早上，在夏令营的足球活动结束后，我们迎来了美术课的手工制作活动。我意识到这是和内森建立友谊的绝佳机会，于是选择坐在他的旁边。他显然对我的举动感到惊讶，用异样的眼神看了我很久。由于我们需要独立完成作品，所以我们并没有太多时间交谈。刚坐下不久，老师便要求我们安静下来，开始上课。老师说这节课上我们要画一幅自画像，即把自己的样子画出来。

听完，我顿时就有了主意——这个主意既能帮我和内森成为朋友，又能让我有机会学着自嘲。

于是我拿起画笔，开始创作我的自画像。我没有按照自己真实的样子来画，而是将自己的脸画成了一张超大的饼！然后，我给它加上了一个小小的身子，这幅自画像看起来更滑稽了。

画完以后，我小声对内森说：“嘿，内森，瞧这个……”说完，我把画举了起来。

内森看完立刻大笑起来！看他笑得那么欢乐，我也跟着大笑起来。这幅画实在太搞笑了！

“这才叫‘大饼脸’！”我笑着对他说。

“画得太棒了！”他回应道，“你真是个出色的画家……因为这幅画看起来太像你了！”我们两人笑得更厉害了。

就这样，我不再因为“大饼脸”这个外号而感到困扰，内森也能看出来我在用幽默的态度面对它。

“我都不知道你原来这么搞笑，马克！”他笑着说。没错，他第一次叫了我的真名，而不是外号。

不过更重要的是，现在我似乎有了一个新朋友。

17

“硬汉号”自行车

今天真是太棒了，我对旧自行车进行了拆卸、清洗、除锈、打磨、配漆。经过几遍刷漆后，终于到了重新组装的时候。现在，它已不再是那堆锈迹斑斑的“破烂”了。实际上，一点儿锈迹也看不见了！各个部位看起来几乎都是崭新的。我之所以说“几乎”，是因为这辆旧自行车并不是闪亮的，而是通体黑色的！

不过，我对自己组装自行车实在没什么信心。我想杰克舅舅也知道这一点，所以他会来车库帮我。好吧，至少我以为他是过来帮忙的。

“谢谢你过来帮我。”我向杰克舅舅感谢道。

“帮你？”杰克舅舅似乎有些不解。

“对呀，”这下换成我有些不解了，“我以为你是过来帮我的。”

“我过来是为了确保你正确无误地完成这项工作，但你必须自己动手。”杰克舅舅解释道。

“好吧，谢谢你，行了吧？”

“行了吧？”杰克舅舅笑了起来，“为什么说行了吧？”

“如果你不愿意帮我，那我为什么还要感谢你呢？”我其实是在开玩笑，觉得这个玩笑很有趣。我以为杰克舅舅也会觉得好玩，但他的表情逐渐变得严肃起来。

“马克，我现在要是帮你，那就是在害你。”他认真地盯着我，说道。

“什么意思？”

“我说，我现在要是帮你，那就是在害你。”

“为什么呢？你现在要是帮我，怎么会是害我呢？”

我觉得这个说法很奇怪，完全不能理解。

可从杰克舅舅的眼神我就能看出来，这对他来说并不奇怪。“马克，实践是学习的最佳途径之一。如果我帮你组装自行车，你就失去了学习的机会。若无法从中汲取知识，那做这件事还有什么意义呢？这就是我为什么总希望你能独立完成一件事，因为这样你才能学会自立自强。当然，生活中总有些事需要他人帮助，比如组装这辆旧自行车就是其中之一。有时，别人会为你示范，指导你完成。但最重要的是，你要尽可能独立地完成，这样才能有所收获。”

我深思后回答：“杰克舅舅，我明白了。如果我能独立完成这辆自行车的组装，那么将来我可能就不再那么依赖别人的帮助了。”

“没错。”杰克舅舅赞许地说道，“将来你能照顾好自己，变得自立自强，这是值得骄傲的。现在，别只是说说，动手吧！先把车座安装在车架上，再将车头的把立放回去，就可以安装车把手了。之后，翻转车架以保持稳

定，这样就可以安装曲柄了。”

“好的，杰克舅舅。”

说完，我拿起车架，将把立插入后开始拧紧。杰克舅舅在一旁协助，帮我把车架扶稳。接着，我先把车座装上，再安装曲柄。这部分有点儿棘手，我几乎想要向杰克舅舅求助，但最终我还是咬紧牙关，独自完成了。然后，我小心翼翼地把内胎和外胎分别套在轮圈上，这样自行车就能骑了。

经过一番努力，当我把自行车的各个部位都安装完成时，它看起来比刚修好的时候更完美了，每个部位都严丝合缝地组装在一起。

接下来，我开始安装车胎、链条和刹车器。最后，我给车胎打上了气，终于大功告成！

这辆旧自行车焕然一新，整个车身呈现出深邃的黑色，看起来能用于执行“战士小子”的任务！

“看着真不错。”杰克舅舅赞许道。

“才不错而已吗？”我

兴奋地说，“这简直棒极了！”

杰克舅舅盯着自行车看了一会儿，随后开口道：“等一下，这辆车还少了点儿什么。”

说完，他转身走出车库，一分钟后又回来了，手里还拎着一个小包。他从包里掏出一个小纸袋递给我。我打开纸袋一看，里面装着许多小小的字母贴纸。

“你得给它起个名字。”杰克舅舅说道。

“给它起名字？”

“对。你以前想要的那辆自行车叫宾利，现在你也可以给这辆自行车起个名字。”

我思考片刻，问：“起什么名字好呢？”

“这我可不知道，它让你想起了什么？宾利自行车让你想起了什么？”

我回想了一下，说：“嗯……宾利自行车闪闪发光，非常漂亮，可看起来不像这辆自行车那么酷。”

“所以你想为它取一个酷点儿的名字？”

“没错，这是辆很酷的自行车，所以得起一个酷点儿的名字。”

“听起来很不错，那叫它什么好呢？”

听罢，我坐下来静静思考。突然，我想起了杰克舅舅曾经给我讲过关于他那些英勇无畏、和他并肩作战的战友的故事，我记得他们有一个共同的称呼——硬汉。

我兴奋地提议道："叫'硬汉号'怎么样？就像那群和你并肩作战的战友。"

杰克舅舅微笑着点了点头，说："'硬汉号'，我喜欢这个名字，它非常贴切。"

我迅速撕下对应的字母贴纸，将它们整齐地贴在自行车的一侧。然后，我退后几步，仔细欣赏着贴有"硬汉号"贴纸的自行车。

这辆自行车现在看起来更好了，简直棒极了！

我又在它的另一侧画了条线，然后把贴纸贴好。现在，车的两边看起来都非常棒！

杰克舅舅开口说道："希望把它卖了以后，你能有足够的钱去买那辆宾利自行车。"

"什么？！"我惊讶地喊道，"宾利自行车？我现在不想要宾利自行车了！"

杰克舅舅的脸上露出灿烂的笑容：“好吧，虽然我没见过那辆宾利自行车，但我觉得它肯定没法比‘硬汉号’更棒！”

“不可能比‘硬汉号’更棒！”我大喊道，“比‘硬汉号’差远了！！！”

“对，差远了。”杰克舅舅赞同地说道，“这就是劳动的意义——当你亲手做完一件事情时，你会获得满足感和成就感。你做得真不错，马克。”

“谢谢你，杰克舅舅。谢谢你让我做这件事情。”

“不客气，马克。”他摆摆手，轻松地说，“小事一桩。”

随后，他按下按钮，车库门缓缓打开。他递给我一顶头盔，让我骑车出去兜风。

这种感觉真是太棒了！

18

计划实现

我今天骑着“硬汉号”自行车去夏令营了！这真是既有趣又刺激！

一到夏令营，我就迫不及待地向内森展示了我的自行车。他好奇地问我这辆自行车是谁造的，我自豪地说：“是我自己！”他瞪大了双眼，称赞这辆自行车简直太酷了，看起来像是一台超级机车！在夏令营开始前，我还让他骑上“硬汉号”自行车在活动中心兜风，他兴奋地说：“这辆自行车骑起来就像赛车一样快！”

夏令营开始后，内森和我一同前往教室上另一门美术课。今天的任务是使用吸管、胶带和牙签搭建一座桥，桥的跨度要达到 45 厘米，并且它要能承受 2 千克的重

物，这听起来相当具有挑战性。哪支队伍能用最短的时间搭好桥梁，并通过承重测试，就能获胜。

经过一番努力，我们队第三个完成了桥的搭建。遗憾的是，率先完成的队伍在承重测试环节遭遇失败——重物一被放上，整座桥就都被压塌了！不过，这也让我们队取得了第二名的成绩。

随着与内森的交流逐渐深入，我发现他其实是一个很酷的孩子。

他似乎对我做的许多事都感兴趣，只是以前不太愿意开口询问。今天，他主动向我提起了柔道。

“你练习的柔道是什么样的？是不是和空手道差不多？”

“不，它和空手道不一样。柔道不像空手道或其他武术那样主要使用拳脚进行攻击。”

“不用拳脚的话，怎么能打

赢呢？格斗不就是靠拳脚吗？”内森有些不解。

“使用拳脚并不是格斗的唯一方式，柔道更像一种摔跤。你需要通过灵活移动来占据进攻对手的有利位置，然后利用一种叫作降服技的技巧让对手拍垫认输。”

“拍垫认输？”内森问，“那是什么？”

“在柔道中，拍垫认输就是投降的意思。当对手被你的锁臂等降服技控制时，为了避免受伤，他通常会选择拍垫认输。”

“就这样吗？”内森似乎有些难以置信。

“对，基本上就是这样，这就是为什么柔道被称为一种实战训练。你和对手并不是要互相伤害，而是要通过使用降服技来争取优势。你如果被对手降服，就拍垫认输；你如果用降服技控制住了对手，就坚持住，直到他认输为止，但注意不要用力过猛，以免伤害对手。除非是在真正需要自卫的情况下，你才可以不惜伤害对方来保护自己。”

“你认为练习柔道真的有用吗？”内森问。

“我觉得非常有用。我每天都在运用柔道技巧，这就是柔道的魅力所在——你在练习柔道的同时，也在实际应用它。当然，在实战训练中我们并不会真的伤害对手，但我们会让对手陷入不得不认输的境地。所以，这就像是一场真正的战斗，不过没有人会因此受伤。”

“听起来真是太酷了！”内森兴奋地说。

“的确很酷。”话音刚落，我突然想起今天下午就有一节柔道课，要是内森也能过来一起训练，那就再好不过了。

“今天下午你想去试试看吗？我下午 4 点就有柔道课。”

“我想去，可是……可是……”

“可是什么？来吧！你肯定会喜欢上柔道的。”

“可是……我是说……上柔道课要花多少钱呢？”

这一点我竟然疏忽了。杰克舅舅和我都知道内森的家庭条件并不好，不过幸运的是，我上柔道课的地方提供免费的体验课程。

“放心，现在不用担心钱的问题，第一节课是免费的。”

“那真是太好了，我迫不及待地想去体验一番了！”内森高兴地说道，脸上绽放出

灿烂的笑容。

下午，杰克舅舅从活动中心接上我和内森，一起去上柔道课。一进入训练场地，亚当教练就热情地递给内森一套柔道服让他穿上，并邀请他坐到垫子上。

随后，亚当教练让我教给内森一些有关柔道的基础知识。我耐心地向他展示了骑乘式防守、开放式防守、封闭式防守、侧骑乘式以及后骑乘式等动作。接着，我教他如何在被骑乘的情况下巧妙地脱身。最后，我向他展示了一些降服技，包括简单的肩锁“美国锁”和从背后使用的绞技“马塔莱奥”。

每当我锁住内森并开始用力时，他就会立刻拍垫认输，然后不甘心地说：“再来一次！再来一次！”每当我示范完一个招式，他都会跃跃欲试地说：“让我来试试！”

随后，我指导他如何运用这些技巧来对抗我，他学得非常认真。当这些技巧轻松奏效时，他简直不敢相信自己的眼睛。掌握一些技巧后，他很快就能轻松地让别人认输了。

过了一会儿，亚当教练安排我们与班上的其他学员一起训练，我们又练习了几个新的招式。训练结束后，教练组织大家进行翻滚训练，并安排我和内森进行实战训练。

结果不言而喻，尽管内森已经掌握了柔道的基本知识，但由于经验不足，他最终还是选择了认输。他看起来有些失落，因为他很轻易地就被我打败了。但与此同时，我能感受到他的认真和热情。

亚当教练似乎想进一步证明柔道的实用性，于是安排内森与体形较小的诺拉进行对战。然而，这并没有改变结果，因为诺拉经验丰富，同样轻松地战胜了内森。

下课后，我们沿着楼梯下楼，亚当教练递给内森一张纸，上面详细列出了课程安排和收费标准。

内森在看到价格后，面色立刻变得凝重起来，看起来十分难过。随后，我们开车将他送回活动中心，一路上大家都沉默不语。

内森下车后，我们驱车离开，杰克舅舅叹了口气，

说：“你注意到内森看到价格后的表情了吗？”

“我看到了，杰克舅舅。”

“我觉得他付不起那么多钱。”

“我也觉得他付不起。”我无奈地对杰克舅舅说。

“我们必须想个办法，马克。”

“想个办法？”

“对，想个能让内森挣钱或者能让内森付得起钱的办法。”

我不知道这话是什么意思，但既然是杰克舅舅说的，那就准没错。

19

帮助

今天我感觉有点儿奇怪，说不上糟糕，可就是很奇怪。

早上和杰克舅舅一起锻炼时，我向他倾诉了自己的感受。

“杰克舅舅，我觉得好无聊。”

“无聊？你整天都在忙碌，怎么会无聊呢？”他疑惑地看着我。

“怪就怪在这儿，杰克舅舅。虽然我每天都在忙着锻炼、修剪草坪、修理自行车，还要去参加夏令营以及柔道课，但这些事情似乎并不能让我感到充实。我觉得除了准备即将到来的柔道锦标赛，自己已经完成了想

做的事，其他事我都觉得……嗯……反正就是很无聊。”

杰克舅舅盯着我看了一会儿，然后说：“很好。”每次遇到问题时，他似乎总是这么说。

“很好？”我不解地问，“这有什么好的？”

“感到无聊其实是一个积极的信号，它意味着你已经适应了现在的生活。这好在以下几个方面：它表明你已经实现了自己的目标，你拥有了一辆很酷的自行车，赚了些钱，还通过锻炼使自己变得越来越强壮。这意味着你可以设定一些新的目标了，就像你为柔道锦标赛设定目标那样。既然比赛即将到来，你就应该全身心投入，让自己保持最好状态。同时，你可以在其他方面设定新的目标。要摆脱无聊，最重要的是具备一些能力，我指的是能够用于帮助他人的时间、金钱、知识，以及意愿。帮助他人，是一名‘战士小子’应该努力去做的事情。你还记得‘战士小子信条’的第五条是什么吗？”

第五条是“战士小子应尊重他人，并在他人需要帮助时，尽自己所能伸出援手。”

“没错。”杰克舅舅点头说道，“说得好极了，‘战士小子’应该尽自己所能去帮助他人。但是，你需要先照顾好自己，再帮助别人！如果你自己的问题都没搞明白，又怎么能去指导别人呢？如果你自己都没足够的钱，又怎么能去救济别人呢？如果你自己都没有完成训练，又怎么能去训练别人呢？但现在不同，你已经取得了很大的进步。以前，你可能只能帮妈妈打扫厨房，或者帮爸爸洗车，虽然这些都很值得表扬，但你现在能真正地为别人带来更大的帮助——你能让他们的生活变得更加美好。”

“这听起来太酷了，杰克舅舅。可我还是不太明白，我该怎么做才能为别人带来更大的帮助呢？”

“帮助不同的人需要使用不同的方法。让我们想得简单一点儿，在你的生活中，有没有你现在就可以去帮助的人？”

这下，我就明白杰克舅舅说的那个人是谁了。

“是内森吗？”我问道。

“是的，就是内森。他是个可塑之才，可却要面临许多你无须应对的挑战。现在，我告诉你接下来该怎么做：

锻炼结束后，你就上楼去列出 3 件可以帮助内森的事情，然后我们仔细讨论如何实现它们。”

“没问题，杰克舅舅。”锻炼结束后，我回到房间拿出一张纸，在上面写下杰克舅舅交代的事情。写完后，我拿着纸下楼，告诉杰克舅舅我已经准备好了。

“你都写了哪些事？”

“嗯……杰克舅舅，这是我写的 3 件能够帮助内森的事：第一，前几天他对柔道课表现出了极大的兴趣，但我知道他付不起高昂的学费；第二，他没有自行车，前几天他骑着‘硬汉号’自行车兜风时，看起来非常开心，但如果他连柔道课的学费都付不起，那他肯定也买不起新自行车；第三，每天夏令营结束后，内森都无所事事，如果能为他找到一个好去处，那就太棒了。”

“很好，写得不错，我很赞同你的想法。这些都是能够帮助内森的事情，现在我们来想想该如何实现它们。不过我要提醒一句，这个暑假你得努力工作赚钱，因为我们帮助内森可能需要一笔钱，你能接受吗？”

这确实是一个挑战。杰克舅舅继续说道：“在回答这个问题之前，你要明白一件事，那就是你必须学会管理自己的钱财。这意味着你要把赚到的20%存起来，不仅是现在，以后也要坚持这样做。当然，如果有特别需要的东西，你可以去买。你要知道，世上少数几件比赚钱感觉还要好的事情之一，就是用赚来的钱去做好事，比如帮助别人。我知道这听起来很奇怪，但事实的确如此。”

我不知道这是不是真的，但还是决定听杰克舅舅的话，因为他总是那么睿智。

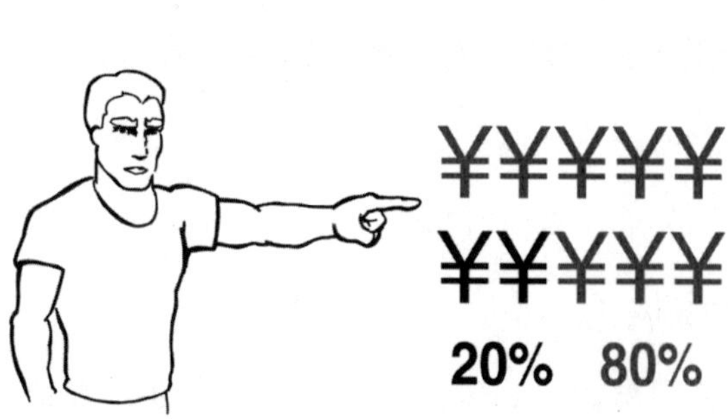

“好的，杰克舅舅，我会存下20%的钱。如果有特别需要的东西，我会告诉你的。要是需要花钱来帮助内森，我肯定会出这笔钱的。”

“很好，既然你这么慷慨，那我也不能小气。我们买来帮助内森的任何东西，我都会出一半的钱，这样你只需要出另一半的钱就好了。”

“谢谢你，杰克舅舅！”我感激地说道。不过，我突然意识到，我还不知道具体该怎么做，于是我向杰克舅舅询问道：“可是我们到底要做什么呢？”

“首先，关于柔道课的事，我们需要去和亚当教练谈谈，看他是否愿意稍微降低课程费用。其次，我们要看看在上柔道课的地方附近能找到什么兼职工作。最后，我们要给内森买一辆自行车。”

“给他买一辆自行车？我的钱可不够买新自行车！”我惊讶地说。

杰克舅舅大笑起来：“别担心，我们不是要给他买全新的自行车。我们可以开车去四处转转，找找卖二手自行车的地方，为他买一辆旧自行车，就像你的那辆‘硬汉号’自行车一样，然后你和内森一起把它修理好，刷上油漆，重新组装起来。”

“太棒了！”

“想想看，要是你们两个一起给旧自行车翻新会怎么样？”

“会怎么样？”

“每天夏令营结束后，内森就有地方可去，也有事情可做了，这样第三个问题就迎刃而解了。”

“没错！”我大喊道，“这个计划简直完美！”

“不，世界上没有完美的计划，如果有人不想让计划实现，那它就不会成功。所以，我们开始行动吧。今天夏令营一结束，我们就去找亚当教练谈谈。”

“我明白，杰克舅舅。”

这种感觉真的很棒，杰克舅舅又说对了：帮助别人的感觉可真好啊！

20

垃圾场

今天我从夏令营走出来时，杰克舅舅已经在外面等我了。我按照他的嘱咐带上了所有的钱。我们直接从夏令营出发，前往胜利 MMA 体育馆，这里是亚当教练上柔道课的地方。此时，正好是成人班的上课时间，于是我们坐在垫子旁，耐心地等待下课。下课后，杰克舅舅示意我过去跟亚当教练谈谈。

“亚当教练，您好，我有个问题想问您。”

“没问题，马克，你想问什么？”

“嗯……就是……您还记得上次和我一起来的那个黑发男孩吗？”

“哦，我记得……他叫内森，是个挺有潜力的孩子。

他第一次上柔道课的感觉如何？”

“他很喜欢柔道，特别喜欢。”

“那太好了，我看得出他对柔道的热情。那他会和你一样，一直在这里训练吗？”

到目前为止，谈话进行得很顺利，但接下来要谈的部分让我有些紧张。“嗯……教练，其实……他很想一直在这里训练，可问题是他的家庭条件……嗯……他家里真的付不起那么多钱。所以我想问问您，有没有什么办法能让他……嗯……免费上课呢？”

亚当教练听完后，沉默了一会儿，说：“免费让他上课？”

“对，他家里真的很困难。”

“所以你想让他免费学习柔道？”

我察觉到亚当教练对这个提议很不满，可我还是想硬着头皮争取一下！“是的，教练，我就是这么想的。”

教练的脸上露出理解的表情，我正以为事情还有商量的余地，他随后却说道：“马克，我明白内森经济困难，也知道你一直在努力帮助他，你真的很善良。但你要明白，我不仅要支付场馆的租金和保险费，还要负责场馆的维修、清洁工作，这些都是不小的开销。更别提我还要还房贷、车贷，以及养活我的妻子和女儿。如果让内森免费训练，那么其他人也可能提出同样的要求，那时我该怎么办？这合理吗？我觉得不合理。很抱歉，虽然我很想帮忙，但天底下没有免费的午餐。”

“好吧，教练，谢谢您能听我说完。”

随后，我走向杰克舅舅。“你们聊得怎么样？”他问道。我叹了口气，说道：“不怎么样。”然后，我把刚才教练说的话一五一十地告诉了他。当我提到场馆的清洁费用时，杰克舅舅突然打断了我：“等等，打扫场馆的卫生？”

“对啊，杰克舅舅，场馆每天都需要有人打扫卫生，包括清理垫子、打扫更衣室和浴室，这些都是必不可少的清洁工作。”我解释道。

“好极了，就这么办。”

“该怎么办呢？”我好奇地问道。

“这样内森就能通过劳动换取学习的机会，而不是完全免费学习柔道。他可以负责打扫场馆卫生。”

“哦，太好了！”我朝杰克舅舅欢呼道。

“不过，教练说得也有道理，场馆的开销确实很大，每一分钱都很重要。”杰克舅舅严肃地说，“所以，你也得留下来帮忙。告诉我，你带了多少钱过来？”

“差不多 1500 元。”我回答道。

“一共就这些吗？”

“对，就这些了。”我真心希望杰克舅舅不会让我把这些钱全都花掉。

“那好，你先把 20% 的钱存起来，也就是 300 元。剩下的 1200 元，你需要多少？”

“我……我不确定，杰克舅舅，这些钱都是我辛辛苦苦挣的。”我有些犹豫地说。

“我明白你的顾虑。”他严肃地说，“你当然应该留下大部分的钱，但就像我前几天告诉你的那样，花钱帮助别人会比挣钱更让人感到满足。你觉得给教练 400 元怎么样？我会和你出一样多的钱，所以你的 400 元加上我的 400 元，总共是 800 元。另外，你和内森一起帮忙清理垫子、打扫更衣室和浴室，我想这应该足够了。”

“好的，杰克舅舅。”我点了点头，不得不承认，虽然捐出 400 元让我有些不舍，但一想到能帮助内森，我又感到很开心。

随后，我走到亚当教练身旁说道：“教练，我有个想法，想和您商量一下。”

“怎么了，马克？”

“杰克舅舅有个主意，或许能让内森有机会在这里训练。”

“好啊，马克，说来听听。”

“是这样的，教练。我知道天底下没有免费的午餐，任何事情都需要努力。我一整个暑假都在努力干活，帮别人修剪草坪和除草，已经存了一些钱。我愿意出 400 元作为内森的学费，杰克舅舅也愿意出同样的金额。这样，加起来就是 800 元。”

“这实在太好了，马克，你的舅舅也很好。但是，这笔钱离内森的学费还差得远呢。”亚当教练摇摇头，说道。

“我明白，教练，这只是开始。我和内森愿意负责场馆的清洁工作，包括清理垫子、打扫更衣室和浴室。如果需要，我们还可以帮忙做场馆外的除草、大扫除等工作。我们会尽力让场馆保持整洁的，请您相信我们。”我急切地补充道。

亚当教练沉思了一会儿。我能看得出，他真的很想帮忙，可我不确定他会不会答应。

终于，他开口道：“好吧，马克，我同意。你可以带内森过来一起训练。”

我不敢相信自己的耳朵：“真的吗，教练？”

“真的，马克，我同意。想知道我为什么同意吗？”

“因为我和舅舅付了钱？”

“不是因为那 800 元，马克。虽然那笔钱对场馆的运营有所帮助，但更重要的是你和内森的诚意和努力。你们愿意付出劳动来换取学习的机会，这种精神很值得赞赏。而且，柔道的精神就是团队合作和互相帮助。既然你们都愿意出一份力，那我也愿意给你们一个机会。所以，只要你们能够认真地对待每一次训练，并且保持场馆的整洁，内森就可以留在这里训练。”亚当教练解释道。

“太感谢您了，教练！”我激动地说道。随后我们握了握手，虽然这感觉有些奇怪，但我的内心充满了感激和喜悦。杰克舅舅说得对，花钱帮助别人的感觉可真棒！

我兴高采烈地走向杰克舅舅，告诉他我和教练已经谈妥。他的脸上露出灿烂的笑容，为我感到开心。我迅速返回车上，取出我事先准备好的钱，而杰克舅舅也毫不犹豫地把他的钱递给了我，我们一同走到亚当教练面前，将钱交给了他。

上车后，杰克舅舅拍了拍我的肩膀，说：“第一项任务圆满完成。你做得很好，马克。”

“谢谢你，杰克舅舅。”我兴奋地说道。

“现在我们去完成第二项任务。”

“第二项任务？”

“你希望内森能继续练习柔道，还希望他能拥有一辆自行车，对吧？所以，我们要去买自行车。”

几分钟后，我们驶离主路，在一个标有“垃圾场”的地方停下来。

“垃圾场？”我疑惑地问，“我们要在这里找自行车吗？”

“没错，就是这里。”杰克舅舅解释道，“人们总是随意丢弃一些东西，但其实很多被丢弃的东西都可以修复并利用。我们看看能不能找到一辆合适的自行车。”

我们刚把车停好，一个身穿工作服的大叔就朝我们走了过来，热情地和我们打招呼：“下午好啊，你俩在找什么呢？”

“下午好。”杰克舅舅回应道，“我们在找一辆自行车。”

“哦，那你们应该去那边的第二条路上找，旧自行车堆在家具堆后面。”

“行，谢谢您。”杰克舅舅向他道了声谢，随后我们朝着那边的第二条路走去。

穿过家具堆，我们终于看到了堆成小山的旧自行车堆。虽然有些自行车几乎完全报废了，但有些还不算太糟，其中几辆自行车的外形甚至比维修前的“硬汉号”自行车还要好一些。

我们看向旧自行车堆，希望能找到一辆既适合内森又外观不错的自行车。经过一番搜寻，我和杰克舅舅的目光同时落在了一辆蓝色的自行车上。虽然这辆自行车车身有些旧，但没有太多锈迹，只是车胎瘪了，车把有些歪，还少了一个脚蹬和两个把套。

“就是它了！”我和杰克舅舅相视一笑，都觉得这辆自行车是个不错的选择。

我们把它从旧自行车堆里拉了出来，然后杰克舅舅把它递给了那位大叔。

“这辆车多少钱？”杰克舅舅问。

“10 元。”大叔回答道。

才 10 元！我心想，那辆宾利自行车要将近 1400 元呢！

我从口袋里掏出了 10 元，杰克舅舅却只拿走了 5 元，自己又添了 5 元，把钱一起交给了那位大叔。

大叔看着我们，笑着说：“看来你给自己买了一辆‘新车’啊！虽然它不是一辆全新的自行车，但至少有一辆了。”

“这孩子会让它焕然一新的。”杰克舅舅朝我点点头。

大叔说道：“加油，孩子。祝你好运，我相信你一定可以的。”

我回应道：“谢谢您！我会的。”

随后，我们把自行车装到车上，满心欢喜地回了家。

“那么，你想帮助内森解决的最后一个问题是什么呢？”杰克舅舅在路上问我。

“嗯……我希望每天夏令营结束后，他都有地方可去。”

“以后，他可以去我们家的车库，在那儿和你一起修好这辆自行车！”

“太棒了，杰克舅舅。”我高兴极了。

正如杰克舅舅所言，助人为乐真的会让我很快乐。

21

美好的一天

今天是我过得最开心的一天。夏令营一结束，我就迫不及待地问内森是否愿意和我一起走，我告诉他，我想送给他一些很酷的东西。

“是什么啊？”他好奇地问道。

“相信我，绝对很酷。”我向他保证。

“好吧，那我就跟你去看看。”内森爽快地答应了。

于是，我们结伴回家。由于内森没有自行车，我们便轮流骑着我的自行车前行。没过多久，我们就到了我家，并一起来到了车库。我兴奋地打开车库门，指着里面说：“看，就在那儿！”

“什么？”内森疑惑地问道。

“那辆蓝色的自行车。”我指着放在车库中央的那辆自行车说道。

“你是说那个吗？”内森问。

“对，就是那辆旧自行车。现在，它属于你了。我有各种工具、油漆和零件，我们可以一起把它修得焕然一新！”

内森静静地站在那里，脸上露出难以置信的表情。

“你真的要把它送给我吗？”

“当然啦，虽然它现在还骑不了，但我们一定能把它修好。这辆车现在的样子，其实和‘硬汉号’自行车之前的样子很像。”

“大概要修多久啊？”

“这要看我们有多努力了！上次我几乎是独自修的车，这次有你帮忙，我相信会更快完成。而且，有了上次修车的经历，我已经知道该怎么修车了，所以不用担心，我们很快就能修好它。”

“好，我准备好了！我们开始吧！”内森兴奋地说道。

话音刚落，我们就开始动手修车了。和之前一样，我们先卸下车轮、刹车器、车把，接着拆下车座、把立、前叉和其他部件。内森非常认真地帮忙，我看得出他很喜欢修车。他仔细地研究着每一个部件，特别认真。说实话，和他一起修自行车真的很快乐。回想起几个月前他还曾惹我生气，甚至导致我在放假前被叫去校长办公室，真是让人感慨万分。

我们一起修了几个小时后，杰克舅舅走进车库，问道：“修得怎么样了，孩子们？”

内森兴高采烈地说：“一切顺利，杰克舅舅！”说完，他突然意识到有些不妥，于是尴尬地补充道：“不好意思，我知道你不是我的舅舅啦。”

“没关系，孩子，你可以叫我杰克舅舅，我不介意。”杰克舅舅微笑着说道。

内森听了这话，脸上又露出了笑容。他接着说：“修车过程真的很顺利。我们已经把所有部件都拆了下来，而且将它们整齐地摆放在一旁，和上次马克做的一样。”

我说道：“是的！一切就绪，杰克舅舅！”我指了指放得整整齐齐的零部件。

“真棒。那么，我现在得带马克去上柔道课了。”杰克舅舅说。

“好吧。”我回答时看了一眼内森，感觉他有些失落，这一定是因为他觉得自己不能和我一起去。

“我想我也该回家了，谢谢你邀请我过来一起修车。”内森说。

“不，我们一起去练柔道吧！”我提议道。

他平静地说：“不行，我已经免费上过一节课了。”

“我知道，但你还记不记得我说过，今天要送给你一些很酷的东西？”我问内森。

“我当然记得。”

“这就是第二个，上柔道课！”我兴奋地告诉他。

“真的吗？”内森有些惊讶。

“只要你愿意，现在就可以去！”

“等一下，真的吗？我怎么去？”

“我知道你很喜欢在那里训练，亚当教练也注意到了这一点。我通过打工已经赚了一点儿零花钱，杰克舅舅也愿意支持更多孩子去学柔道。所以，我们达成了协议，你也能去上柔道课啦！”

内森听到后十分激动，连忙说：“我也能去了吗？太棒了！真的很感谢你！”

“不过……有一个小条件。”我告诉他。

内森突然变得严肃起来，就好像早已知道天底下没有免费的午餐。

“什么条件呢？”他问。

“嗯……我付不起全部的课程费用，所以我和亚当教练说，我们可以通过清理柔道垫、打扫浴室和更衣室来支付你的课程费用。”

内森喜出望外，他赶忙问道：“就是这些吗？只有这些条件吗? 太棒了! 我们有工作了，还是在体育馆里。天哪! 这简直太棒啦! ”

于是，我们洗去修车时蹭在身上的尘土、油污和铁锈，拿起我的两件柔道服，直奔体育馆而去。

我们很早就到了。亚当教练让我们在上课前扫扫地，把所有垃圾桶里的垃圾清理干净。他对我们的态度非常好，我们在这里过得很开心。

随后，柔道课开始了。我们先进行了热身运动，学习了几组动作，然后开始了正式的训练。我刚练完几组动作，亚当教练就让我进行高强度的“鲨鱼坦克”训练。只要你学到了可以参加比赛的程度，他就会让你这么练。在这个训练中，我需要在柔道垫中间和别的学员逐一搏斗。几乎每过 1 分钟，教练就会派一个体能充沛的学员和我切磋。才过了差不多 5 分钟，我就感觉累得不行了；10 分钟后，我已经筋疲力尽；15 分钟后，我甚至感觉自己快要晕过去了。但是，当我看到杰克舅舅一直在注视着我时，我立刻坚定了信念，心想一定不能放弃！

整节课里，我都尽力留在场上切磋。由于太过疲惫，我甚至被一些平时打不过我的学员打败了。有个叫泽莎的女孩比我小很多，但她却用一记锁臂将我淘汰了。不过，亚当教练说没关系，因为我已经尽力了。在训练过程中，不管多累，我都尽可能地完成每一个动作。训练结束时，我已经累到几乎站不起来了。

最终，我还是努力站了起来，和大家一一握手。教练对我说："练得不错，马克。只要你在柔道锦标赛上也像刚才那样努力战斗，我就很欣慰了。"

"我一定会的，教练。"我坚定地回答。

之后，我和内森从垫子上走下来，与杰克舅舅一起回家。此时的我，汗流浃背，疲惫不堪。

我想，我现在需要回家好好休息一下。

我们坐上了回家的车，我累得几乎说不出话来，只是静静地坐在那里。突然，内森说：“马克，你今天看起来太酷了，你表现得太棒了！”

“谢谢你，内森。”我由衷地说道。

他沉默了一会儿，随后缓缓开口：“不，马克，应该是我谢谢你，还要谢谢杰克舅舅，感谢你们为我做的一切。”

说完，我们三个都笑了起来。尽管满身大汗、筋疲力尽，但内心的满足让我感到很快乐。这真是美好的一天。

22

胜利或经验

今天是我第一次参加柔道锦标赛，我特别激动！

不得不说，比赛现场的热烈气氛远比我想象的更为震撼。观众的呼喊声此起彼伏，我从未见过如此多的人聚集在一起，为比赛呐喊助威。比赛的激烈程度同样出乎我的意料，与我对战的对手都异常强壮。

在第一场比赛开始前，我非常紧张。我的对手是巴里，他看上去比我壮很多。在我踏上柔道垫的那一刻，紧张感让我几乎想要呕吐！裁判在我们互相握手、鞠躬后，大声喊道：“开始！”

当巴里抓住我的柔道服时，我立刻感受到了比赛与平时训练的不同。他抓得可真紧啊，同时不断地推拉着我，我感觉他随时都可能将我扔出垫子。当他的一只脚伸进我的双腿之间，用力将我绊倒在地时，我的心跳猛然加速。幸运的是，在我倒下的同时，我也成功地让他失去了平衡，他无法继续进攻。躺到垫子上的那一刻，我更加深刻地体会到了比赛的疯狂与紧张。巴里似乎已经完全陷入了疯狂的状态，而我则拼尽全力防守，并伺机把他按倒在地。当他试图抓住我的衣领，想要锁住我的脖子时，我瞬间感到呼吸困难，心中涌起一阵恐慌。然而，就在这时，我听到亚当教练平静地说："放松，你知道该怎么做的！"

在那种几乎要被锁喉的紧张时刻，想要放松并不容易。但是，我选择相信亚当教练的话，努力让自己从焦灼的情绪中抽离出来。突然间，我感觉自己冷静了许多，并想到了应对的方法——锁臂！当巴里伸直手臂尝试锁住我的脖

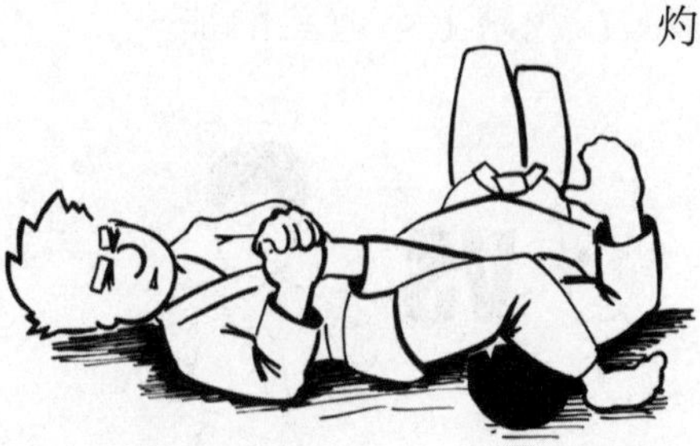

子时，我迅速用双腿夹紧他的胳膊，成功地用“十字固”制服了他。他无奈地拍垫认输，我赢了！

我远远地看到内森高兴地跳了起来。亚当教练也点了点头，仿佛在对我说：“干得好！”

杰克舅舅同样站在场边，他握紧的拳头在空中挥舞，脸上洋溢着灿烂的笑容。就这样，我赢得了我的第一场柔道比赛！

然而，这只是开始。我刚走下柔道垫，亚当教练就走过来对我说：“干得好。现在好好休息，为下一场比赛养精蓄锐。”

下一场比赛这么快就要开始了吗？我才刚完成第一场比赛啊！我坐在场边喝水时，内森走过来，兴奋地对我说：“太棒了！你把他打败了！”

“谢谢！”我回答道，“这种感觉真的太疯狂了！”

“怎么了？”他问。

“整个比赛——观赛的人们、场上的嘶吼与尖叫，还有拼命的对手，一切都显得如此疯狂。”我回答道。

“确实，这听起来是够疯狂的，但你还是成功了！”他笑着说。

“是啊！”我甚至还没从胜利的喜悦中回过神来。

“那接下来呢？”内森兴奋地问道。

“我得为下一场比赛做准备。”我告诉他。

“我能帮你做些什么吗？”内森问。

“不用啦，我可以的。谢谢你！”我坐在原地，还在努力调整呼吸。

杰克舅舅朝我走过来，说：“放松，放松就好。”

“我在努力放松。”我说。

“我知道，放松下来并不容易。”杰克舅舅说。

亚当教练的声音突然传到我的耳中：“马克，下一场比赛要开始了。准备上场！”

我站起来，向亚当教练走去。裁判指了指我，示意我走上柔道垫。又要开始战斗了！第二场比赛即将开始，但我依然没缓过来，毕竟第一场比赛才刚结束。

这场比赛的对手与我体形差不多，看起来和我一样紧张不安。然而，柔道垫上的较量才能真正揭示对手的实力。事实证明，他的实力不容小觑！

裁判一声令下：“比赛开始！”

对手的神情瞬间由紧张变为凶狠，他猛地冲向我，对我的腿部发起猛烈的攻击。他试图用双腿抱摔将我制服，而我则以同样的招式防守。我将全身舒展开来，使出一个后踢腿，在身体下落时，我的胸口正好撞在他的后背上。我以为自己已经控制住他了，但他突然使出一个胯下翻转，差点儿将我掀翻在地。不过，我早有预判，迅速闪躲并站了起来。他看起来愈发焦躁。每次试图擒住我时，他都会趁机拍我一掌或掐我一下，这真让我疼得要命，我感觉他似乎是故意的。

随后，我们再次靠近对方，试图将对方放倒。他突然用头猛地撞击我的头，这真的太疼了！然而，就在这时，战局出现了微妙的变化，而当时的我却没有意识到自己的情绪已经开始失控！幸运的是，虽然我没有察觉，但是杰克舅舅看出来了。

杰克舅舅在一旁焦急地喊道："快和他分开！不要激动，做你该做的，你很清楚自己应该怎么做！"杰克舅舅刚说完，我就意识到他是对的。是的，我的情绪确实失控了。此时，我呼吸急促，肌肉紧绷，几乎喘不过气来。

于是，我努力让自己冷静下来，尽管对手仍在不断地拍我、掐我、用头撞我。在我看来，我的冷静会挫伤对手的锐气。果然，他的脸变得越来越红。

他更加猛烈地攻击我，像一头愤怒的公牛向我冲来。在又一次猛烈的进攻后，我看到他的双眼中充满了怒火。紧接着，他把我的腿当作目标，再次尝试将我放倒。但这次，他犯了一个致命的错误：他把头部暴露了出来。机不可失，我几乎没费什么力气就锁住了他的喉咙。我感觉到他慌了，因为他开始疯狂挣扎。最终，他拍垫认输了。

裁判将手放在我们身上，说道："停止。"我慢慢松开手，站了起来。裁判拉着我和对手的手，把我们牵到柔道垫中央，然后高高举起了我的手！

我赢了！

“马克，下一场就是决赛了。”亚当教练对我说。

不过，我已经累得快要虚脱，用尽全身力气也只能说出一句“好吧”。尽管在比赛中我始终保持着清醒的头脑，但这着实是一场硬仗，令人筋疲力尽！

杰克舅舅走过来，拍了拍我的肩膀说：“干得好，孩子。你准备好应对决赛了吗？”

“是的，我准备好了。”我告诉杰克舅舅。虽然身体疲惫，但我在场上的表现依然出色！我很自信，相信自己一定可以笑到最后！

我坐下仅休息了几分钟，裁判就又叫了我的名字。我再次走上了柔道垫，站在对手面前。裁判说：“这场比赛是决赛，希望你们都能发挥出最好的水平。”

这次，我的对手看起来十分冷静，体形比我稍小一点儿。但我知道，在柔道中，技术水平比体形更重要。既然他能进入决赛，就必然有着过人的柔道技巧。我们礼貌地握了握手，裁判指向我们并拍了拍手，随后宣布：“比赛开始！”

我和对手一同走到柔道垫中央，小心翼翼地绕着彼此移动。突然，他抓住了我的头，试图将我按向地面。我抬起头奋力反抗，想要挣脱他的控制。他紧接着向前迈进一步，再次用力抓住我的头，更加用力地往下按。我也用尽全身力气反抗，不想让他把我的头按到地面上。此时，我的注意力全在上半身的防守上，腿部毫无防备。就在这时，他突然松开了手，以迅雷不及掩耳之势对我的下半身发起攻击。他牢牢抱住我的大腿，将我举起后重重摔在地垫上。我还没来得及起身，他就已经走到我的身边，趁我准备防守之际，突然骑到了我的身上。我努力保持冷静，继续摆出防守的姿势；而他则抓住我的衣领，试图锁喉，但我迅速抽出手臂护住颈部，

没让他得逞。

接着，只听到“嘭”的一声，他突然变招，使出锁臂技巧。我还没来得及反应，胳膊就被他牢牢锁住，无奈之下只能拍垫认输。

我感到有些愤怒，转头看向杰克舅舅，他平静地说：“要么在比赛中获胜，要么在比赛中学习。”他说得对，我的确从中学到了很多。看到杰克舅舅波澜不惊的表情，我也逐渐平静下来。

和对手握手后，我对亚当教练说：“我想，我从这次比赛中学到了很多。”

我坐回内森旁边时，他对我说：“太棒了！”

“什么很棒？你是说他的锁臂技巧很棒

吗？”我问道。

“不，我是说今天一整天都很棒，你也很棒。”

“你真的这么认为吗？”

内森肯定地说：“是啊，你刚才在比赛中的表现真的很精彩。但你的出色不仅体现在比赛中，还体现在生活中的各个方面上，无论是修自行车、工作，还是对待每一件事情的态度。你是怎么变得这么优秀的呢？”

我想了一下，那个乱发脾气，从向内森扔纸南瓜模型的我到现在的我，确实成长了很多。我也更加深刻地体会到，如何成为一名真正的“战士小子”。

“是杰克舅舅教会了我很多东西，他指导我如何成为一名‘战士小子’。”我感慨地说。

“‘战士小子’？这是什么意思？”内森好奇地问道。

“等到家，我再详细告诉你吧。”我回答道。

说完，我登上领奖台，领取了代表亚军的银牌，然后走上了回家的路。

今天，我赢得了比银牌更重要的东西。我不仅学到了更多的柔道技巧，还更加深入地了解了自己。

23

战士小子信条

从赛场回到家后，我坐下来，详细地向内森讲了事情的来龙去脉。我告诉他，在上三年级的时候，我还是一个胆小鬼。那时的我，连游泳都不会，也做不了引体向上，每天的时间安排得也一塌糊涂，还经常被肯尼欺负。

“我一直以为你和肯尼是朋友呢。”内森惊讶地说。

我摇了摇头，对他说：“现在我和他是朋友，但之前他总是欺负我。”

“那后来呢？你是怎么从胆小鬼变成男子汉的？”内森好奇地问。

“去年夏天，杰克舅舅一直在训练我。我们每天都会进行锻炼，他教我如何学习、游泳，还鼓励我去上柔道课，甚至还让我健康饮食！”

内森看着我，问道：“你是不是特别辛苦啊？”

我点了点头，说：“当然，现在也很辛苦，但我仍然会坚持走这条路。”

“你说的是什么路啊？”内森问。

“成为‘战士小子’的路，也就是遵循‘战士小子信条’。”我对内森说。

“‘战士小子信条’？”

“没错。这是每一个‘战士小子’都要遵循的守则，我们叫它纪律。”

“纪律？”

“是的。换句话说，我们遵守规则，是因为这会让我们变得更好，而不是仅仅为了满足别人的要求。”

“那具体的内容是什么呢？”内森问。

我拿出“战士小子信条”给他看。

战士小子信条

一、战士小子应每天早起。

二、战士小子应勤奋学习，对知识充满渴望，遇到不懂之处，一定要虚心请教。

三、战士小子应刻苦训练，坚持运动，养成良好的饮食习惯，以保持强健的体魄。

四、战士小子应坚持训练“战斗”技能，勇于直面霸凌者，保护弱小无助之人。

五、战士小子应尊重他人，并在他人需要帮助时，尽自己所能伸出援手。

六、战士小子应保持个人物品整洁、有序，随时准备应对各种挑战。

七、战士小子应时刻保持谦逊之心，不骄不躁。

八、战士小子应全力以赴，以最高标准要求自己。

九、做到上述规定，我就是战士小子。

内森看完之后，我告诉他我打算再加一些内容。

“你打算加什么内容呢？”内森好奇地问道。

“问得好！我要加的内容其实都是你教给我的。”

“我教了你什么？”内森瞪大了眼睛，一脸惊讶。

我拿出笔，在第七条“战士小子应时刻保持谦逊之心，不骄不躁”后加了一句“不能乱发脾气”。

“你还记得那次我朝你扔纸南瓜模型，在学校惹了麻烦吗？这就是我乱发脾气的后果。一个人一旦乱发脾气，就容易做出傻事，这就是‘战士小子’不能乱发脾气的原因。”

“你还想加什么内容？”内森问道。

我思索片刻，在第八条“战士小子应全力以赴，以最高标准要求自己”后加了一句“学会节俭，不可浪费”。

“为什么节俭对‘战士小子’来说很重要？”内森不解地问。

“因为战士会坚持做好每一件事。在战场上，战士可能面临物资匮乏的情况——没有食物，缺少工具，甚至时间紧迫。在这种情况下，战士必须珍惜每一份物资。这是我在暑假修自行车时学到的。一辆看似废旧的自行车，其实只需要一些维护和保养就能焕然一新。真正的战士会照顾好他们的装备。学会节俭，会使你感受到前所未有的自由。一开始，你可能觉得从糖果店买几颗糖或从商店买一些小玩具并不是什么大事，但其实这都是在无形中浪费钱。你一旦养成这种习惯，就会发现自己没有足够的钱去买真正需要的东西了。当你开始存钱时，你就掌握了自由支配金钱的能力，可以更加从容地去购买自己真正想要的东西。这就是节俭带来的自由，对吧？”

内森听后若有所思地点了点头，说：“你说的真好，我从没想过节俭可以和自由画等号。”

“没错，其实不仅是金钱，任何事都是如此。同样地，自律等于自由。这是杰克舅舅教给我的道理。你越努力工作，越遵守纪律，就越会感到自由。比如，我认为控制好自己的情绪，不向学校里的其他同学扔纸南瓜模型，不仅是自律的表现，也是自由的表现，对不对？”

内森听完恍然大悟，开心地笑了起来。

“既然聊到了自行车，我们就继续去修车吧。”于是，我们一起走向车库，开始忙碌起来。我们清洗自行车零件，给自行车刷上油漆，一切准备就绪，只剩下最后的组装工作。我告诉了杰克舅舅我们的进度，他说如果需要帮助的话，就去找他。但你猜怎么样？我们完全靠自己就完成了！当杰克舅舅来到车库时，我们已经把自行车重新组装好了。

“天哪！你们做得真棒！”杰克舅舅赞叹道。

“谢谢杰克舅舅。”我高兴地说。

杰克舅舅看着内森，问：“你想不想给这辆车起个名字？”

“起名字？”内森眨了眨眼，好奇地问。

“是啊。你可以像马克那样，给它起个响亮的名字，比如‘硬汉号’。”说着，杰克舅舅从背后拿出了一袋贴纸。

内森接过贴纸，思考了一会儿，说：“我还没想好叫它什么。”

“这需要你自己好好想想。”杰克舅舅说。

过了一会儿，内森突然眼睛一亮，说：“就叫它‘纪律号’怎么样？”

杰克舅舅说："这个名字不错，你能告诉我为什么要给它起这个名字吗？"

内森回答道："如果没有纪律，就不会有这辆车；如果没有纪律，我们就不会花时间把它修好。原本它可能只是被丢弃的废铁，但现在它焕然一新。所以，我叫它'纪律号'"。

"这个名字真的很棒！"我立即称赞道。

杰克舅舅也点头赞许道："内森，看起来你也走上了正确的道路。"

内森自信满满地说："没错，杰克舅舅。我正走在成为一名'战士小子'的道路上。"

“很好，内森。”

说完，杰克舅舅把那袋贴纸递给了内森。我们一起在车身的一侧贴上了“纪律号”几个字，这辆自行车看起来更加酷炫了。杰克舅舅打开车库门，我和内森各自骑上自己的车，沿着公路一路骑行，穿过公园，绕着街区转了一圈。

骑车的感觉真的好自由啊。

24

领导者

转天，内森主动找到我，他一字不落地将“战士小子信条”的每一项内容都抄写了下来。在抄写的过程中，他还不断向我请教关于健身和学习方面的问题。我们还精心制作了一些单词卡片，上面列满了这个暑假应该掌握的单词，以便随时记忆和复习。

夏令营的最后一周，我过得充实而愉快。我参加了许多有趣的游戏和运动，随营的老师还让我给大家展示柔道的基本动作，那一刻，我感到无比自豪。

然而，欢乐的时光总是短暂的。星期天早上，杰克舅舅突然告诉我，他要回自己的大学了。这个消息让我有些失落，但我知道杰克舅舅有他自己的事情要忙。

那天早上，我们像往常一样一起锻炼，而我竟然完成了 200 个引体向上！这简直让我难以置信，要知道去年夏天刚开始的时候，我连一个引体向上都做不了！

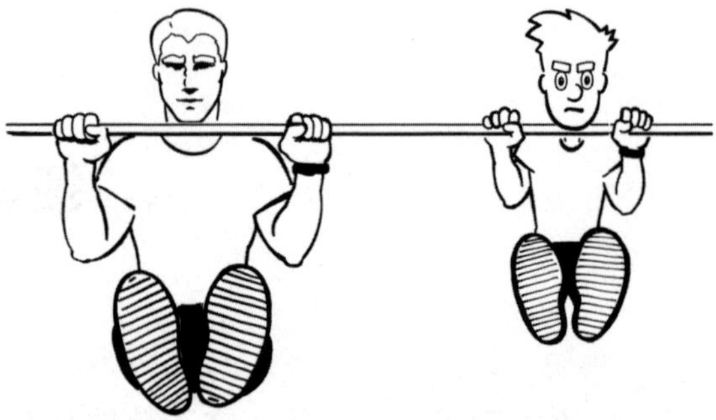

锻炼结束后，杰克舅舅坐在我的房间里休息，而我则在一旁打扫房间。

他看着我，突然问道："这个暑假你学到了什么呢？"

"很多！"我兴奋地说。

"比如？"他接着问。

"我学会了控制自己的情绪，不再像以前那样容易发脾气了。"我笑着说。

"很好。还有其他收获吗？"

我点了点头，继续说道："我学会了如何保养自己的物品，比如，先拆解一辆自行车对它进行翻新，再将它

组装起来。实际上，这个暑假我已经修好了两辆自行车！”

“非常棒！还有其他吗？”杰克舅舅接着问。

我想了想，回答道：“我还知道了做事要全力以赴，知道了如何经营自己的小生意，以及知道如何节俭。”

“这些都是非常宝贵的经验。还有吗？”

我仔细想了想，说道：“对了，我现在对柔道锦标赛不再感到害怕了，我对自己的柔道水平更加自信了。”

“你说得很对，但这个暑假你还有没有更重要的收获呢？”杰克舅舅微笑着说。

我不知道杰克舅舅到底想要什么答案，但我还是说：“我在被人起外号时不再感到困扰和愤怒，学会了对他人的侮辱一笑而过。”

“很棒，你说的这些都是你学到的。但是，你恐怕要错过你在这个暑假里获得的最宝贵的一条经验哟。”

我绞尽脑汁，依然迟迟想不到答案，只能对舅舅说：“我想不到，杰克舅舅，你能告诉我吗？”

“好吧。我给你一点儿提示，你觉得内森怎么样？”杰克舅舅看着我，缓缓地说道。

我想了想，回答道：“内森？我觉得他是个好伙伴，我很喜欢他。”

“你之前喜欢他吗？”杰克舅舅追问。

“不喜欢。”我摇了摇头，说道。

“为什么呢？”杰克舅舅问。

“因为之前他总是使坏，是个坏孩子。”

“那么，究竟是什么改变了他呢？”杰克舅舅问道。

我没懂杰克舅舅的意思。“是什么改变了他？”我反问。

杰克舅舅说：“对，我想问的就是这个问题。是什么改变了他呢？他为什么不再是个坏孩子了呢？是什么让他走上了成为‘战士小子’的道路的呢？”

我沉思片刻，终于领悟了杰克舅舅话中的深意。

“是因为我吗？”我试探地问道。

杰克舅舅微笑着点了点头，说：“没错，内森变成好孩子就是因为你。这个暑假，你学会了如何引领别人，拥有了引领别人的力量。你对内森的积极影响将会影响他的一生，而这就是一个小小领袖应该做的，他们总是默默帮助别人，不求任何回报。你成功地将内森引领到了正确的道路上，你这么做完全是为了内森，而不是为了自己。我为你感到骄傲，因为你真正做到了一名‘战士小子’应该做的事情。”

我又翻开放在桌子上的“战士小子信条”，逐条阅读。当读到第九条“做到上述规定，我就是战士小子”时，我觉得似乎还缺点儿什么，于是我拿起桌上的笔，在第九条后面写上“我就是小小领袖”。

写完之后，我把“战士小子信条”举起来，给杰克舅舅看了看。

他满意地点了点头，说：“太好了，孩子，你现在已经是个小小领袖了。”

“是的！”我激动地对杰克舅舅说。

杰克舅舅收拾好行李后，我们一家就送他去了机场。

在去机场的路上，我和杰克舅舅没说什么话，只有妈妈问了他一些关于课程的问题，而他则耐心地一一回答。

看着杰克舅舅即将离去的背影，我既感到不舍与难过，又隐隐感到有一丝欣喜，尽管我并不明白这丝欣喜从何而来。

大家在机场下了车，我走向杰克舅舅与他道别。他看着我的眼睛说："感觉还不错吧？"

"啊？是的。"我愣了一下，感到有些惊讶——他竟然洞悉了我内心的感受。

"带领别人走上成为'战士小子'的道路，确实感觉很好。去年，我带你走上了这条路；而现在，你带着内森走上了这条路；未来，你还会继续引领更多的人走上正确的道路。这就是你的新任务——引领他人。"

"我会的，杰克舅舅。"

说完，他握了握我的手，向航站楼走去。

引领我的人现在离开了，但这次，我并未感到太多失落。

因为现在，我已经成为一个小小领袖了。

战士小子信条

一、战士小子应每天早起。

二、战士小子应勤奋学习，对知识充满渴望，遇到不懂之处，一定要虚心请教。

三、战士小子应刻苦训练、坚持运动、养成良好的饮食习惯，以保持强健的体魄。

四、战士小子应坚持训练“战斗”技能，勇于直面霸凌者，保护弱小无助之人。

五、战士小子应尊重他人，并在他人需要帮助时，尽自己所能伸出援手。

六、战士小子应保持个人物品整洁、有序，随时准备应对各种挑战。

七、战士小子应时刻保持谦逊之心，不骄不躁，不能乱发脾气。

八、战士小子应全力以赴，以最高标准要求自己，学会节俭，不可浪费。

九、做到上述规定，我就是战士小子，我就是小小领袖。